Helene Hübener

IM ROSENHAUS

Helene Hübener

Im Rosenhaus

FRANCKE
Verlag der Francke-Buchhandlung GmbH

Die Deutsche Bibliothek – CIP-Einheitsaufnahme

Hübener, Helene:
Im Rosenhaus / Helene Hübener. – Marburg an der Lahn :
Francke, 2001
(Heimatlicht-Taschenbuch)
ISBN 3-86122-905-6

35037 Marburg an der Lahn
Umschlaggestaltung: Reproservice Jung, Wetzlar
Foto: Privat
Satz: Verlag der Francke-Buchhandlung GmbH
Druck: St.-Johannis-Druckerei, Lahr

Heimatlicht „Taschenbuch“

Inhaltsverzeichnis

Die Begegnung

„So! Das wäre fertig!“ Sie legte die Hefte, die sie eben durchgesehen hatte, beiseite und rief durch die offene Tür:

„Frau Gründler, sind Sie mit Ihrer Arbeit in der Küche bald fertig?“

Ein schwerfälliger Tritt ließ sich hören, und eine behäbige, sauber gekleidete Frau erschien auf der Bildfläche. „Ich wollte eben den Schlüssel bringen, Fräulein Anna. Sie gehen doch sicher noch ein wenig spazieren, Sie müssen ja ganz steif von dem vielen Sitzen sein!“

Anna lachte. „Sie kommen wohl nicht in die Verlegenheit, Frau Gründler. Aber Sie haben Recht. Wenn man morgens Schule gehalten und nachmittags einen Stoß Arbeiten durchgesehen hat, muss man mal ins Freie. Also auf Morgen!“ Mit diesen Worten verabschiedete sie ihre Aufwärterin und stand, während sie den Mantel zuknöpfte, am offenen Fenster und erfreute sich an der schönen Aussicht. Der Anblick war ihr lange vertraut, denn sie wirkte als Leiterin einer Privatschule schon eine Reihe von Jahren in Falkenau. Sie hatte sich damals dieses Haus wegen seiner schönen Lage ausgesucht und auch zwei passende Schulräume im gleichen Haus gefunden. Anna liebte die Natur, sie liebte die bewaldete Bergkette, die sich in blauer Ferne vor ihr ausdehnte, die zu ihren Füßen liegende Kleinstadt mit ihren roten Dächern und grünen Bäumen, den Fluss, der sich wie ein Silberfaden durch Felder und Wiesen schlängelte.

„Ja, schön ist's hier", sagte sie halblaut vor sich hin. „Aber sehr viel einsamer ist's doch für mich geworden, seit Margarete heimgegangen ist."

Margarete war ihre beste Freundin gewesen. Sie hatten als Kinder dieselbe Schule besucht und sich schon früh aneinander angeschlossen. Margarete verheiratete sich sehr jung mit einem Arzt, der sich in Falkenau niedergelassen hatte. So war Anna hierher gekommen. Und nun war die Freundin vor kurzem einer tückischen Krankheit erlegen.

Zwar war Anna mit ihren sechsunddreißig Jahren kein junges Mädchen mehr, aber eine frische, anmutige Frau konnte man sie doch nennen. Es lag etwas Energisches in ihrem Gesicht. Die klugen grauen Augen verrieten Geist und Herzensgüte. Ihre blonden Haare waren, der Mode gemäß, hochgekämmt und verliehen der schlanken Gestalt etwas Überlegenes. Sie war eine tüchtige Lehrerin, beliebt bei Schülern und Eltern.

Vor dem Hause stand sie eine Weile still. Auf ihrem Gesicht lag die Frage: „Wohin nun heute?" Sie hatte das Bedürfnis, heute einen möglichst einsamen Weg zu wählen. Sie ging um das Haus herum, einem Fahrweg zu, der nach einem kleinen Wäldchen führte. Niemand war zu sehen.

Rüstig schritt sie nun durch die wogenden Kornfelder. Es war ein heißer Sommertag. Obgleich es schon später Nachmittag war, brannte die Sonne. Anna sehnte sich nach dem kühlenden Schatten des Waldes.

Endlich war er erreicht. Sie setzte sich in das weiche Moos unter einen Baum. Wie oft war sie mit ihren Schülern hier gewesen, um auf dem weiter im Wald gelegenen Platz das Sommerfest zu feiern, wie oft hatte sie mit ihrer Margarete gerade hier unter dieser Buche gesessen; da hatten sie einander alles erzählt, was sie an Sorgen und Freuden erlebten.

Plötzlich fuhr sie leicht zusammen. Furcht kannte sie nicht, und doch bemächtigte sich ihrer eine starke Unruhe. Es konnte zu Belästigungen durch Landstreicher kommen, die sich oft hier herumtrieben; dass sie vorher nicht an so etwas gedacht hatte! Sie machte sich auf den Heimweg. Es herrschte eine feierliche Stille, nur unterbrochen durch Vogelgezwitscher oder leises Knistern, das ein vorüberhuschendes Eichhörnchen verursachte oder ihr Fuß, wenn er auf einen Zweig trat. Nun sah sie schon die Lichtung, die der Jugend als willkommener Spielplatz diente. Dort stand ein junger Mann an einen Baum gelehnt.

Sie stieß einen lauten Schrei aus: „Um Gottes willen, was tun Sie da?“

Da entfiel dem jungen Mann ein Revolver. Er sah bleich aus und starrte aus dunklen Augen die Erscheinung an, die ihn in seinem Vorhaben gestört hatte. Wie gelähmt stand Anna da, die Augen fest auf den jungen Mann gerichtet. Es war, als wollte sie nicht sehen und erkennen, was ihr doch sichtbar dort vor Augen stand: Es war niemand anders als der Sohn ihrer verstorbenen Freundin, Wolfgang Müller.

„Wolfgang“, rief sie, „was ist denn passiert?“

Es erfolgte keine Antwort. Jetzt stand sie neben ihm und versuchte, seine Hände vom Gesicht zu ziehen: „Wolfgang, Tante Anna redet mit dir, die du immer so lieb gehabt hast.“

Ein krampfhaftes Schluchzen folgte. Dann kam es von den bleichen Lippen in abgebrochenen Sätzen: „Ich habe – nichts mehr – vom Leben zu erwarten, ich bin ganz verzweifelt!“

„Hast du eine Schuld auf dem Gewissen, die dich drückt?“

Er schüttelte stumm den Kopf.

„Sage mir, was es ist, Wolfgang. Ich stehe vor dir an Stelle deiner toten Eltern; ich will dir gern nach Kräften helfen.“

Scheu sah sie bei diesen Worten auf den am Boden liegenden Revolver. „Entlade ihn hier vor meinen Augen, augenblicklich.“

Willenlos ergriff er die Waffe und drückte in die Luft. Ein Schuss ertönte, der die Vögel mit lautem Gezwitscher aufscheuchte. Anna schauderte und fragte, ob der Revolver noch weitere Patronen enthielte. Er schüttelte stumm den Kopf. Da nahm sie die Waffe und schleuderte sie weit von sich.

„Mit diesem Schuss hättest du dich getötet. Weißt du nicht, dass es eine Sünde ist, sich das Leben zu nehmen, das Gott dir gegeben?“

„Mein Unrecht ist mir klar. Aber ich sah nirgends Rettung, nirgends Licht.“

„Komm, lass uns nach Hause gehen, oder“, sie sah, dass er von innerer Aufregung erschöpft war, „ich will mich zu dir setzen.“

„Dank, herzlichen Dank, Tante Anna“, sagte er. „Ja, wenn du mir helfen könntest!“

„Sage mir nur, was ich tun muss. Wenn es in meiner Macht steht, helfe ich dir ganz gewiss; ich muss nur erst wissen, wie.“

Da gewann er Zutrauen zu der Freundin seiner Mutter und erzählte, was sich in der letzten Zeit ereignet hatte. Seine Mutter hatte, als er sich zum Medizinstudium entschloss, ihr letztes Geld geopfert. Das war nun aufgebraucht, obwohl Wolfgang sparsam gelebt und sich manches versagt hatte, was seine Freunde sich leisten konnten. Da hörte er durch einen Bekannten von einem großen Stipendium, das frei geworden war. Er machte eine Eingabe und rechnete fest mit einer Zusage. In letzter Minute erhielt er einen abschlägigen Bescheid. Er stand vor dem Nichts. Er hatte sich schon wochenlang mit der geringsten Nahrung beholfen, nun besaß er noch gerade so viel, seine Wohnung zu bezahlen. Noch einen Versuch wollte er machen, er wollte in die Heimat reisen und einen reichen Fabrikbesitzer, mit dessen Sohn er früher verkehrt hatte, um ein Darlehen bitten. Er war zu ihm gegangen und hatte versprochen, sobald er auf eigenen Füßen stehe, das Geld zurückzuzahlen. Der Mann hatte mit den Achseln gezuckt, erklärt, dass seine eigenen Söhne ihn sehr viel Geld kosteten, dass es ihm leid tue, seine Bitte nicht erfüllen zu können, und ihm schließlich zehn Mark gegeben. Damit konnte er gerade das Gasthaus und die Rückreise bezahlen.

Verzweiflungsvoll war er hierher gegangen, und dann – was dann folgte, das wusste Anna.

Sie waren während des Erzählens aufgestanden und gingen langsam dem Ausgang des Waldes zu.

„Dachtest du denn gar nicht, Wolfgang, dass die Freundin deiner Mutter hier wohnt? Konntest du nicht zu mir kommen?"

„Ach Tante, ich habe in meiner großen Not nicht an dich gedacht, wie solltest du mir auch helfen können?"

„Wer weiß", sagte Anna ernst. „Jedenfalls kommst du jetzt mit in meine Wohnung. Wir wollen einen Überschlag machen über das, was du noch bis zur Beendigung deines Studiums brauchst, und dann wollen wir sehen, was sich tun lässt."

Sie hatten dann ein einfaches Abendbrot gegessen und miteinander beratschlagt und überlegt. „Also ein Jahr etwa fehlt dir noch", sagte sie zum Schluss.

Dann stand sie entschlossen auf, ging an ihren Schreibtisch, entnahm ihm einige Papiere und ein kleines Sparkassenbuch.

„Hier“, sagte sie, „sind meine Ersparnisse. Bald sechzehn Jahre bin ich Lehrerin; ich habe wenig für mich gebraucht. Dies sollte ein Sparpfennig für mein Alter sein, nimm ihn.“

Wolfgang war tief ergriffen. Tränen der Rührung traten in seine Augen. „Wenn nicht meine ganze Zukunft davon abhinge, würde ich dein Opfer nicht annehmen. Nun, Tante Anna, sei versichert, ich werde es nicht vergessen, was du mir an diesem traurigsten Tag meines Lebens gewesen bist. Sobald ich in der Lage bin, werde ich dir das Geld zurückgeben. Hab tausend Dank!“

„Du kannst die Papiere verkaufen: über das Sparkassenbuch werde ich dir Vollmacht geben“, sagte sie in geschäftsmäßigem Ton. „Mache bitte nicht viele Worte mehr darüber. Was gedenkst du nun zu tun?“

„Ich reise noch heute Abend zurück. Gott segne dich tausendmal für das, was du an mir getan hast, Tante.“

„Und dir, Wolfgang, helfe Gott, dass du wieder zum Glauben an ihn zurückkehrst. Dein Versuch heute hat mir gezeigt, dass du ihn verloren hast. Dies tut mir sehr Leid. Nimm zur Erinnerung an den heutigen Tag dies Neue Testament und versprich mir, dies ist der einzige Dank, den ich von dir verlange, es jeden Tag zu benutzen. Verliere nicht wieder das Vertrauen zu Gott, der treu und väterlich für uns sorgt, wenn wir immer und mit allem zu ihm kommen und von ihm erbitten, was uns nötig ist zu diesem und jenem Leben."

Wolfgang errötete. Er streckte die Hand aus und nahm das Buch, aber ein Versprechen kam nicht von seinen Lippen.

Anna sah nach der Uhr. „Wir haben noch eineinhalb Stunden Zeit, bevor der Schnellzug geht. Wir wollen uns noch ein wenig ans Fenster setzen, es ist ein köstlicher Sommerabend."

„Wolfgang", sagte Anna, nachdem sie eine Weile schweigend dagesessen, „wenn du mir das erbetene Versprechen nicht geben kannst, erbitte ich das Buch zurück."

Sie streckte die Hand darnach aus. „Nein. Tante Anna, was du mir geschenkt, gebe ich nicht wieder. Warum ich dir das Versprechen nicht geben konnte, ist – ist –"

„Nun, was ist?"

Er bekannte offen und ehrlich, dass es ihm schwer fiel, etwas zu glauben, was verstandesmäßig nicht zu erfassen sei.

Die Tante entgegnete, wenn Gott ihm das Wollen schenkte, so werde er auch das Vollbringen geben. Er solle es auch hier machen wie die Kinder und vertrauensvoll den Vater bitten, dass er ihm das Verständnis der Schrift öffne.

Nun musste Wolfgang gehen. Die Tante sah ihm durch das offene Fenster nach. Er wandte sich noch einmal um. Als er sie am Fenster sah, zog er den Hut und grüßte hinauf. Dann eilte er die Bergstraße hinunter, und bald war er ihren Augen entschwunden.

„Solch ein Erlebnis hatte ich heute als letztes erwartet. Alle meine Ersparnisse sind weg", sagte sie leise vor sich hin, „aber gottlob, der Junge lebt!" Sie konnte lange nicht zur Ruhe kommen. „So hast du nun gespart, wie hast du dich gefreut, wenn du am Schluss des Monats ein wenig übrig hattest. Und jetzt? Es musste sein", dachte sie weiter. Sollte dem armen Jungen geholfen werden, so musste ganze Arbeit getan werden. Sie war noch jung, ihr himmlischer Vater würde für sie sorgen, das war ihre Zuversicht. Die Sache war nun abgetan, erfahren sollte es niemand, auch nicht ihre einzige Schwester, der sie sonst alles zu schreiben pflegte. Sie wollte ihre Wohltaten nicht an die große Glocke hängen.

Noch lange saß sie am Fenster, die kühle Nachtluft tat ihr wohl. Der dunkle Wald lag schweigend da, über ihm blitzte ein Stern nach dem andern auf; sie erinnerten an Gottes Güte und Vatertreue, die über uns allen wacht. Wie hatte er auch heute ihre Schritte gelenkt, ihr Tun gesegnet! Sie musste ihm danken aus vollem Herzen.

Sie hörte das Pfeifen der Lokomotive durch die stille Abendluft. „Gott segne und behüte dich,

Wolfgang. Er führe dich durch alle Verirrungen zur ewigen Wahrheit."

Mit diesen Worten schloss sie die Fenster und begab sich zur Ruhe. Noch lange lag sie wach. Die Erlebnisse des Tages waren zu gewaltig gewesen. Endlich übermannte sie die Müdigkeit.

Eine Überraschung

Träumte sie oder wachte sie? Gesang erschallte laut vor ihrer Tür.

Es mussten ihre Schülerinnen sein, die ihr Lieblingslied sangen: „Lobe den Herren, den mächtigen König der Ehren." Nun stimmten sie den zweiten Vers an. Und die Lehrerin lag noch im Bett! Allerlei Gedanken gingen ihr durch den Kopf. Es war doch heute nicht ihr Geburtstag! Was fiel nur in aller Welt den Kindern ein, ein Ständchen zu bringen? Und statt nach der täglichen Garderobe zu greifen, hatte sie unwillkürlich das Sonntagskleid erwischt und sah wirklich ganz festtäglich aus, als das: „Lobt ihn in Ewigkeit! Amen" verklungen war und sie die Tür voll heimlicher Erwartung öffnete.

Da standen nun die Schülerinnen, groß und klein, in ihren besten Kleidern. Die Vordersten hielten eine zierliche Girlande, die sie lachend um die geliebte Lehrerin schlangen, und als Anna verwundert fragte: „Kinder, was ist nur? Was habt ihr vor?", da antworteten mehrere zugleich: „Wissen Sie nicht, Fräulein Golf, dass Sie heute gerade zehn Jahre an der Schule sind?" Da trat die Älteste aus der Schar vor, sagte ein passendes Gedicht auf und überreichte einen länglichen Korb.

Anna war überrascht: „Kinder, kommt nur herein und packt selber aus, was ihr da mitgebracht habt."

„O ja, o ja!“, riefen die jugendlichen Stimmen durcheinander. Viele Hände griffen in den Korb und ehe Anna sich's versah, stand ein reizendes Kaffeegeschirr auf dem Tisch.

„Reizend sieht es aus“, sagte Anna. „Gerade an Tassen fehlte es mir immer. Nun sollt ihr aber alle einmal zur Einweihung des Services eingeladen werden.“

„Das Beste kommt noch“, rief die Älteste und überreichte ihrer Lehrerin ein dunkles Kästchen. Als Fräulein Golf es öffnete, glänzten ihr zwölf silberne Teelöffel entgegen. Gerührt rief sie aus: „Kinder, das ist ja viel zu viel! Nun fehlt nur noch eine große Kanne mit Schokolade und Kuchen dazu. Aber ich habe ja nichts gewusst, sonst hätte ich vorgesorgt. Doch wie ist es mit der Schule heute? Eigentlich sollten wir nun anfangen.“

„Geht nicht, geht nicht!“, fielen die Kinder ein. „Heute soll frei sein, haben die Eltern gesagt. Um zehn Uhr kommt ein Omnibus.“

„Darin sitzt unsere Mutter“, begannen zwei Schwestern, „die holt Sie und uns alle ab.“

„Da kommt ja eine Überraschung über die andere“, rief Anna fröhlich und gerührt über die Aufmerksamkeiten, die ihr von den Eltern der Kinder bereitet wurden. Sie hatten sich den Tag ihrer Ankunft genau gemerkt, während sie selbst wohl wusste, dass sie schon zehn Jahre hier war, aber doch nicht darüber nachgedacht, dass sie heute, gerade heute, ihr Jubiläum an der hiesigen kleinen Privatschule hatte.

Sie holte nun ihre Bilderalben und forderte die Kinder auf, ihr in das hinten gelegene große Schulzimmer zu folgen. Dort verteilte sie die Alben unter den Schülerinnen, die sich die Bilder ansehen sollten, bis der verheißene Omnibus kam. Sie bedurfte ein Weilchen der Ruhe, um sich zu sammeln. Welch ein Gegensatz, der gestrige Tag und der heutige!

Sie verließ das Schulzimmer und wollte eben ihre Wohnstube betreten, als jemand die Küchentür aufstieß, und sich die Gestalt von Frau Gründler zeigte. Sie trug ein Kaffeebrett und sagte ärgerlich:

„Was ist denn hier heute bloß los. Das kann doch keine Schule sein, wenn alles in Sonntagskleidern herumläuft. Wissen Sie, dass Sie noch nicht einmal eine Tasse Kaffee getrunken haben heute Morgen?“

Fräulein Golf nahm dankend die Tasse vom Brett und erzählte schnell, was sich ereignet hatte.

„Ne, ne, was das alles ist heutzutage. Bei den Großen wird immer gefeiert. Na, das Fräulein mag es ja auch verdienen, die Kinder lernen viel bei ihr; wenn meine noch klein wären, die ließ ich auch zu ihr.“

Anna frühstückte schnell, dann ging sie wieder hinüber in die Klasse. Und als die Lehrerin nun rief: „Kinder, ich höre etwas rattern, es wird der Omnibus sein“, da gabe es kein Halten mehr. Die Mädchen bemächtigten sich ihrer Jacken und Tücher und eilten die Treppe hinunter. Anna gebot Ruhe.

„Stellt euch bitte dem Alter nach vor der Haustür auf. Wenn der Wagen kommt, stürmt nicht alle auf einmal hinein, sondern die Großen lassen die Kleinen voran. Ihr müsst meiner Erziehung Ehre machen."

Inzwischen war der Omnibus vorgefahren. Eine elegant gekleidete Dame erhob sich schwerfällig und versuchte auszusteigen. Doch Anna kam ihr zuvor und bat sie, sich nicht zu bemühen, dann dankte sie mit herzlichen Worten für die Überraschung. Mit einem Seufzer fiel Frau Grohl auf ihren Platz zurück, streckte ihre Rechte der Lehrerin entgegen und beglückwünschte sie. Dann fügte sie, auf die Kinder zeigend, hinzu: „Mein liebes Fräulein, da sieht man Ihren guten Einfluss. Ich kann meine drei Mädel kaum regieren, und hier stehen sie wie die Orgelpfeifen und rühren sich nicht."

Anna lächelte und winkte mit der Hand. Die Schülerinnen bestiegen sittsam den Wagen, zuletzt setzte sich Anna der Frau Grohl gegenüber.

„Nun, nur zu, Fahrer", rief Frau Grohl, deren Stimme man es anmerkte, dass sie zum Befehlen geschaffen war. „Sie wissen ja wohin." Der Wagen fuhr an und die Kinder riefen: „Wir wissen wohin. Wir fahren in den Wald hier auf der Höhe."

Anna erschrak. Nur das nicht heute. Sie hätte um keinen Preis mit den Kindern dort spielen können, wo sie gestern das ernste Erlebnis gehabt hatte.

Doch Frau Grohl lachte und sagte: „Auf falscher

Fährte! Heute geht's ins Tal hinunter, an einen Ort, der euch allen wohl kaum bekannt ist."

Da erwachte die Neugierde der Mädchen. Der Fahrer war auf der Höhe geblieben, jetzt bog er in einen breiten Fahrweg ein und fuhr abwärts, dem Fluss zu. Dann ging es auf der Landstraße weiter. Was nun das Ziel der Fahrt sein würde beschäftigte die Kinder so, dass das Fragen und Beraten darüber die Zeit ausfüllte, während Frau Grohl sich angelegentlich mit Anna unterhielt.

Nun kam ein Dorf in Sicht.

„Gewiss geht es nach den Tannen", sagte eins der größeren Mädchen.

„Aber dort gibt's keinen Gasthof, wir wollen doch auch essen", warfen einige andere ein. „O doch, ich sehe ein neues Haus." Alles stürzte zu den Fenstern, bis ein ernstes Wort der Lehrerin die Kinder zur Ruhe brachte.

„Es gibt hier eine neue Wirtschaft", erklärte Frau Grohl der Lehrerin. „Da wir Ihr Jubiläum nun einmal feiern wollen, mein liebes Fräulein, so haben wir gedacht, es würde Ihnen Freude machen, das Haus kennen zu lernen."

Ein großer, schöner Spielplatz wurde sichtbar, eine Schaukel gab es hier, sogar ein Ringelreiten bot sich den Augen der entzückten Kinder, und als Anna ein „Nun tummelt euch nach Herzenslust" hören ließ, da stob die Jugend davon. Frau Grohl aber begab sich ins Haus, um zu sehen, ob man Anordnungen zum Mittagessen getroffen hatte. Sie kam befriedigt zurück und setzte sich zu Anna, die dem Treiben der Kinder zusah.

„Es werden noch einige Damen erwartet, ich denke, sie werden sich bald einstellen", meinte Frau Grohl. „Sie wollen gemeinsam einen Wagen nehmen, wir haben es so verabredet. Mich traf das Los, Sie abzuholen." Sie lächelte und setzte hinzu: „Ich habe immer Pech bei so etwas."

Wenn es Anna noch zweifelhaft gewesen wäre, ob Frau Grohl aus Zuneigung für sie mitgefahren, so war sie jetzt aufgeklärt.

Schon bald erschienen auch die übrigen Damen, denen Anna ihren Dank für die freundlichen Aufmerksamkeiten aussprach.

„Wir haben einen ausgezeichneten Tag heute", sagte Frau Klein. „Und ich hoffe, ein ebenso ausgezeichnetes Mittagessen, das Haus steht in dem Ruf, vorzüglich zu kochen", setzte Frau Grohl hinzu. „Wir haben diesen Ausflug lange geplant", stimmte Frau Meister ein, „es war hübsch von den Kindern, dass sie sich dies ausgedacht hatten." Anna sah die Damen fragend an, als Frau Bach sich zu ihr wandte und sagte: „Nun, dass Sie, liebes Fräulein, heute gerade zehn Jahre an der Schule sind. Da beschlossen wir, Sie auf diesen Ausflug mitzunehmen, um Ihnen zu zeigen, wie sehr wir die Lehrerin unserer Kinder schätzen."

„Sie haben mich schon diesen Morgen durch das

wertvolle Geschenk beschämt; es wird mir stets ein Andenken an die hier verlebten Jahre bleiben", versetzte Anna bescheiden.

Ja, Frau Grohl hatte Recht, das Mittagessen war vorzüglich. Zum Schluss hob eine der Damen das Glas und brachte ein Hoch aus auf Fräulein Golf, in das die Kinder begeistert einstimmten: „Immer und immer soll Fräulein Golf hier bleiben!", riefen sie.

„Nun", meinte Anna vergnügt, „man kann's nicht wissen. Vielleicht feiere ich, so Gott will, noch einmal mein 25jähriges Jubiläum hier, hoch lebe meine kleine Schule!"

Die Damen stießen an, aber es entging Anna nicht, dass sie sich verlegen ansahen. Nach Tisch – die Kinder waren wieder draußen beim Spiel – begann eine der Damen:

„Es muss doch einmal heraus, liebes Fräulein. Als Sie eben vom fünfundzwanzigjährigen Jubiläum sprachen, wurde es uns klar, dass Sie von den bevorstehenden Veränderungen hier noch nichts erfahren haben. Familie Bach wird nächstes Jahr unsern Ort verlassen, und die drei Töchter der Frau Grohl sollen in eine größere Pension gegeben werden."

„Ja", fügte diese hinzu, „meine Töchter müssen einmal hier heraus, sie sollen eine größere Schule besuchen, an der verschiedene Lehrer unterrichten." – „Und wenn von zwölf Schülerinnen fünf abgehen, bleiben nur sieben", fuhr Frau Klein fort. „Für sieben die Schule zu unterhalten, wird wohl etwas zu teuer. Wir schätzen Sie sehr, Sie haben es auch heute sicher wieder bemerken können."

Anna, die innerlich sehr erregt war, meinte, sie habe geglaubt, wenn größere Schülerinnen abgingen, würden wieder jüngere eintreten, so dass man die Schule immer weiter führen könnte.

„Aber", sagte Frau Grohl, „es wird ja immerhin noch ein Jahr darüber hingehen, bevor man an die Auflösung der Schule denkt. Sie mit Ihren Kenntnissen, liebes Fräulein, werden jederzeit wieder eine gute Stelle bekommen."

„Gewiss, das denke ich auch", sagte Anna mit Selbstbeherrschung. Dann ging die Unterhaltung auf ein anderes Thema über und Anna entfernte sich, um sich nun den Kindern zu widmen.

* * *

Am Abend saß Anna allein zu Hause. Wieder ein bedeutsamer Tag. Gestern hatte sie ihre kleinen Ersparnisse freiwillig hergegeben, heute musste sie ihre Lebensstellung hergeben. Nicht, dass ihr um die Zukunft bange war; dazu war sie eine viel zu frische, tatkräftige Natur. Sie hatte etwas Tüchtiges gelernt und würde damit auch weiter durch die Welt kommen. Aber die Art und Weise, in der man die Sache hier behandelte, hatte sie verletzt. Es war ein Fest gefeiert worden, in dem sie der scheinbare Mittelpunkt sein sollte, und bei dem man ihr in Wirklichkeit die Auflösung der Schule hatte schmackhaft machen wollen. Man hatte hier den Ehrgeiz, ganz besonders fortschrittlich zu sein. Nun war das Neueste, dass man die Kinder in die großen Städte gab, man hatte gefunden, dass man die jüngeren bis zum zwölften Jahr in die Bürgerschule senden und so die Ausgaben für eine Privatschule sparen könnte.

Im innersten Herzen glaubte Anna den wahren Grund erraten zu haben. Sie hatte in den Kinderherzen den Glauben an Gott und sein Wort zu festigen gesucht. Das hatte bei den Kindern Anklang gefunden, aber die Eltern, sonst mit dem guten Unterricht durchaus zufrieden, stimmten hierin nicht mit Fräulein Golf überein. Sie waren modern und wollten ihre Kinder nicht, wie sie sich ausdrückten, mit religiösen Dingen überfüttert wissen.

Und nun würde sie sich von einer lieb gewordenen Arbeit trennen müssen. Doch ein ganzes Jahr blieb noch Zeit.

Zunächst wollte sie ihrer einzigen Schwester alles schreiben, die schon seit vielen Jahren in einer reichen, kinderlosen Familie war und wohl auch zeitlebens bleiben würde.

Für Anna hieß es wandern. Aber Gott, dem sie vertraute, würde auch sie wieder zu rechter Zeit an die richtige Stelle setzen.

Das Rosenhaus

Ein Jahr später, zur Rosenzeit war's. Wo fand man in der norddeutschen Großstadt mit ihrem rastlosen Getriebe, mit ihren eng aneinander geschlossenen Häuserfronten wohl noch Rosen? Und doch gab es sie in den Vorstädten in üppiger Fülle; am meisten aber rankten sie an einem Hause hoch, das, weiter zurückgelegen als die andern, nicht gleich von jedem Vorübergehenden bemerkt wurde. Es war von einem großen Garten umgeben, den ein schmiedeeisernes Gitter von der Straße trennte. Das Haus konnte sich nicht messen mit den feinen, zum Teil schlossartigen Villen zur Rechten und zur Linken. Wer es aber im Vorübergehen bemerkte, blieb stehen und sah mit Bewunderung den Rosenflor am Hause. Wie der Name „Rosenhaus" entstanden war, wusste niemand. Aber fast jeder kannte das Rosenhaus, das zur Sommerzeit so festlich geschmückt dastand, inmitten des geschmackvoll angelegten Gartens. Im oberen Stockwerk waren zu dieser Zeit die Fenster geschlossen, die Vorhänge zugezogen. Unten schien es bewohnt zu sein. Eben wurde die Haustür geöffnet und zwei ältere Damen traten heraus.

„Siehst du, Charlotte", sagte die kleinere, „kaum kann ich den Gedanken fassen, aber seit die Erbschaftsangelegenheit geordnet ist, kommt es mir immer mehr zum Bewusstsein, dass Haus und Garten wirklich mir gehören."

„Du bist ein Glückspilz, Julia, während wir auf unser kleines Ruhegehalt angewiesen sind und mit unseren beschränkten Räumen zufrieden sein müssen, ist dir dies alles ungeahnt in den Schoß gefallen. Du kannst hier leben wie eine Königin."

„Sage das nicht, Charlotte. Ich möchte auf keinen Fall wie der reiche Mann im Evangelium leben", erwiderte Julia, den Arm der Freundin ergreifend. „Es überwältigt mich so, dass ich nun selbst Besitzerin von Haus und Garten sein soll."

„Du hast es verdient, Julia. Wir gönnen es dir alle. Du hast schwere Jahre hier durchmachen müssen. Da Frau von Hook keine näheren Verwandten hatte, finde ich es sehr einsichtsvoll, dass sie dir den schönen Besitz hinterlassen hat. Sag, hast du auch ihr ganzes Vermögen geerbt?"

„Frau von Hook hat größere Stiftungen gemacht. Aber ich habe noch reichlich bekommen, so viel, dass ich Haus und Garten in gutem Stand erhalten kann und gut zu leben habe", fügte sie hinzu. „Ich kann sogar den Gärtner bezahlen. Der Garten soll bleiben wie er ist, das hat sie in ihrem Testament bestimmt."

„Was wird deine Schwester nur dazu sagen?"

Bei Nennung der Schwester brach ein Strahl der Freude aus Julias Augen. „Sie wurde sofort davon in Kenntnis gesetzt; natürlich kommt sie zu mir. Ich würde nicht glücklich sein, wenn ich all das Gute hier allein genießen sollte. So wird der Wunsch unserer Jugend sich früher erfüllen als wir je gedacht."

„Ihr habt euch lange nicht gesehen?"

„Seit zehn Jahren nicht. Zu mir konnte sie in den Ferien nicht kommen, und ich war hier angebunden."

„Um so mehr werdet ihr in Zukunft voneinander haben."

Während dieses Gespräches hatten sie den großen, hinter dem Haus gelegenen Garten betreten.

„Siehst du, Charlotte, hier gibt's zu tun. Wenn auch der Gärtner alles instand hält, bleibt noch viel für mich übrig. Auf diese Arbeit freue ich mich besonders."

Das Hühnervolk eilte gackernd herbei. Julia holte eine Schüssel mit Gerste und streute davon hin, da kamen auch die Tauben angeflattert. Eine von ihnen flog auf Julias Schulter und pickte ihr die Körner aus der Hand. „Dies ist mein Liebling", sagte sie, „sie hatte sich den Fuß verletzt, da habe ich sie ein paar Tage bei mir im Zimmer gehabt."

Charlotte lachte. „Dies alles ist mir untertänig, begann er zu Ägyptens König, gestehe dass ich glücklich bin."

„Glücklich und dankbar, Charlotte. Aber vollkommen glücklich werde ich erst sein, wenn meine Schwester hier ist."

Julia führte den Gast noch zu dem unteren Teil

des Gartens. Dort, wo die Gemüsebeete aufhörten, begann ein Wäldchen mit Birken, Tannen, jungen Buchen und Erlen, deren verschiedenartiges Grün eine hübsche Farbwirkung hervorzauberte. Ein kleiner Abhang führte hinunter zu dem Fluss, an dem die Stadt lag.

„Idyllisch“, schwärmte Charlotte. „Wer sucht so etwas in der großen Stadt!“

„Ja, erst in den letzten Jahren sind die meisten Villen hier gebaut worden. Unser Rosenhaus lag früher etwas abseits von der Stadt. An seiner alten Bauart siehst du, dass es schon lange steht.“

„Immer neue Wunder tun sich vor meinen Augen auf. Lass uns umkehren, sonst bin ich heute Abend noch hier.“

„Jetzt ist das Reich auch zu Ende“, lachte Julia.

„Komm nur oft, mich zu besuchen. Ich möchte, dass mein Heim ein Zufluchtsort für alle wird, die ich lieb habe.“

Die Freundinnen kehrten um, und Charlotte verabschiedete sich mit dem Versprechen, bald einmal wieder zu kommen.

Sie konnte es nicht lassen, sie musste noch zu einigen Bekannten und ihnen erzählen, dass sie bei Julia, der reichen Erbin, gewesen sei, und dass sie ihr als Erste das Rosenhaus mit dem Park gezeigt habe; und Julia sei noch genau so wie immer.

Julia, das einfache Mädchen mit dem treuen Herzen, wanderte langsam zurück und setzte sich in einen der hübschen Gartenstühle, die auf der Terrasse standen. Sie sah an sich herunter. „Ich kleines Persönchen, ich unbedeutendes Wesen bin auf einmal Besitzerin dieses Palastes." Sie schüttelte den Kopf, als könnte sie es selber noch gar nicht glauben. Sie hatte nie viel aus sich machen können, hübsch war sie gar nicht – eine große gebogene Nase hätte leicht das Gesicht verunstaltet, wären nicht die guten dunklen Augen so anziehend gewesen. In dem schwarzen vollen Haar glänzten schon Silberfäden. Sie hatten sich wohl etwas zu früh eingestellt.

Sie war stets unauffällig gekleidet. Für Putz und Staat hatte sie nie etwas übrig gehabt. Aber von gediegenem Stoff musste alles sein, das liebte sie. Das Haar war einfach gescheitelt, und wenn die Freundinnen mahnten: „Julia, du bist unmodern", lachte sie und sagte: „Lasst mich nur, ich komme schon wieder in Mode."

Julia Golf erhob sich aus ihrem Stuhl. Sie wollte noch schnell einen Krankenbesuch machen. Sie eilte die Villenstraße entlang, bog dann in eine Nebenstraße ein, wo in einem kleinen Haus die Kranke lag. Sie klopfte und betrat gleichzeitig die Wohnung.

Heute aber war die Tochter der Kranken, die als Zugehfrau viel unterwegs war, da. Sie begrüßte Fräulein Golf, von der sie so viel Gutes empfingen, so ganz besonders, dass Julia meinte, sie müsse etwas auf dem Herzen haben. Auf ihr Befragen, wie es der

Mutter gehe, meinte Frau Blank, die Mutter sei heute recht frisch und habe guten Appetit, dabei sah sie auf die große Tasche, die Fräulein Golf in der Hand hielt, und aus der auch für sie oft etwas Gutes hervorkam.

Mit leisem Schritt betrat Julia das Krankenzimmer. Die Abendsonne warf ihre Strahlen auf das Bett und beleuchtete das alte Gesicht der Kranken.

„Immer noch Schmerzen?“, fragte Julia und streckte ihr die Hand hin.

„Es geht heute leidlich, Fräulein Golf, man kann sich auch an Schmerzen gewöhnen.“ Dann packte Julia ihre Schätze aus, die mit großer Freude angenommen wurden. Als sie gehen wollte, bemerkte die Kranke, dass ihre Tochter sie noch zu sprechen wünsche. Die hatte schon auf das Stichwort gewartet und stand in der Tür, drehte verlegen am Schürzenband und brachte ihre Bitte vor. Es betraf ihr einziges Kind, das ein Jahr auswärts gedient hatte und nun eine Stelle suchte.

„Sie bekommt ja gleich wieder etwas, meine Ludovika, denn sie ist kräftig und fleißig und versteht so manches, aber ich habe gehört, dass die alte Marie fortgeht und da – hätte ich das Mädchen am liebsten im Rosenhaus.“ – „Ganz besonders, weil bei Ihnen Gottesfurcht herrscht“, fügte die Kranke hinzu und sagte mit bittendem Blick:

„Liebes Fräulein Julia, helfen Sie mit, dass meine Enkelin Gott nicht vergisst.“

Frau Blanks Gesicht schien allerdings bei diesen Worten sagen zu wollen: „Das ist mir nicht gerade die Hauptsache." Julia nickte der Kranken zu. Dann wandte sie sich an Frau Blank: „Wenn Ihre Tochter ein ordentliches, fleißiges Mädchen ist, wenn sie ihre Arbeit versteht, bin ich nicht abgeneigt, sie in mein Haus zu nehmen. Wann könnte sie eintreten?"

„Sofort, Fräulein. Schade, dass sie gerade nicht da ist; ich schicke Ludovika aber morgen zu Ihnen."

„Wie war doch der Name Ihrer Tochter?", fragte Julia Golf, die glaubte, nicht recht gehört zu haben.

„Ludovika", kam es mit Betonung zurück. „Ich habe den Namen in einem Buch gelesen, und weil wir, mein Mann und ich, noch nie einen so schönen Namen gehört hatten, haben wir sie so taufen lassen."

Julia schüttelte lächelnd den Kopf, dann verabschiedete sie sich.

Auf dem Heimweg kam ihr der Name des Mädchens immer wieder in den Sinn. „Ludovika, Lu-do-vi-ka! So kann ich doch das Mädchen unmöglich nennen! Ludo? Dovi? Vika? Nein, Ika, das wäre noch am passendsten."

Sie teilte der alten Marie die Aussicht auf eine Hilfe mit, was bei dieser, wie jetzt so oft seit dem Tode der Herrin, ein Schluchzen hervorrief. „Ach du meine Güte, dann geht's nun doch fort aus dem Rosenhaus. Wie werde ich es noch vermissen, wenn ich die Schönheit hier nicht mehr sehe! Aber nun müssen Sie den Tee haben, im Esszimmer steht schon alles bereit."

Als es dunkelte, brachte Marie die Lampe und zog die Vorhänge zu. Julia liebte es, abends noch etwas allein zu sitzen. Sie sah sich in dem Zimmer um; nichts fehlte an Behaglichkeit und vornehmer Einfachheit. Was wird Anna wohl sagen? dachte sie.

Sie zog einen Brief aus der Tasche und las die eine Stelle immer wieder:

„Unbeschreiblich freue ich mich. Was könnte ich mir wohl Schöneres wünschen, als mit dir zusammen zu leben? In acht Tagen hoffe ich bei dir zu sein."

Die acht Tage werden mir lang werden, dachte sie, indem sie den Brief zusammenfaltete und in die Tasche gleiten ließ. Wie wird sich unser Zusammenleben gestalten? Wir sind von Natur verschieden. Anna rasch, lebhaft, für äußere Eindrücke empfänglich, alles Neue mit Feuereifer aufnehmend. Ich kann mich dem Zug der Zeit nicht so anpassen, ich muss das Neue erst prüfen, es an mich herankommen lassen.

Weitere Bilder aus der Vergangenheit zogen an Julia vorüber. Als sie vor vielen Jahren als Gesellschafterin der Frau von Hook hier einzog, welch Leben und Frohsinn herrschte da im Haus! Zwei vielversprechende Söhne, angehende Juristen, sorgten für Geselligkeit, Mittag- und Abendgesellschaften wechselten in den Wintermonaten ab; der Sommer wurde in Badeorten oder auf Reisen verlebt. Julia hatte so die Welt mit ihrem bunten Treiben kennen gelernt. Aber es wurde dann bald anders. Die beiden Söhne starben kurz hintereinander, und die Eltern konnten sich von diesem harten Schlag nicht mehr erholen. Der Herr des Hauses wurde still und wortkarg und verfiel zuletzt in Trübsinn. Frau von Hook, die Julias Treue und Gewissenhaftigkeit schätzte, hatte sich immer mehr an sie angeschlossen. Als sie dann an Krebs erkrankte, hatte Julia sie in aufopfernder Weise gepflegt; nun durfte sie den Lohn genießen. Es war ihr oft, als hörte sie noch die klagende Stimme der Herrin, wenn die Schmerzen unerträglich wurden.

* * *

Am anderen Morgen erschien Ludovika. Sie hatte sich sehr zurechtgemacht, aber sonst gefiel sie dem Fräulein. Sie war für ihre vierzehn Jahre sehr kräftig, hatte offene Augen und einen gutmütigen Gesichtsausdruck. Nach einigen prüfenden Fragen wurde abgemacht, dass Ludovika Blank zu Fräulein Golf kommen sollte. „Und nun der Name. Offen gestanden, er ist mir etwas ungewohnt. Wie wär's, wenn wir ihn abkürzten?"

„Es ist mir recht; sie haben mich zu Hause auch anders gerufen."

„Wie denn?“, fragte Julia, sichtlich erfreut. Das Mädchen schwieg.

„Wollen Sie, oder vielmehr, willst du es mir nicht sagen?“

Ludovika schwieg beharrlich. Dass sie daheim „Lute“ genannt wurde, mochte sie nicht preisgeben. „Nun“, sagte Julia etwas ungeduldig, „dann muss ich mir selbst helfen. Wie wär’s mit den letzten Silben, wenn ich ‚Ika‘ sagte?“

„Es ist mir recht so.“

„Nun denn, Ika, es ist abgemacht. Du kommst heute Abend. Deine Sachen können vom Dienstmann gebracht werden.“

„Das wäre noch schöner, die bring’ ich mit der Mutter, wir können schon zugreifen.“

Diese Antwort gefiel Julia.

Am Nachmittag gab es einen herzbewegenden Abschied von der alten Marie, die unter viel Schluchzen und Weinen nicht nur von Menschen und Tieren, sondern auch von dem leblosen Inventar des Hauses Abschied nahm, so dass Julia erleichtert aufatmete, als die rührseligen Szenen doch noch ein Ende nahmen.

Abends zog Ika ein, begleitet von der Mutter. „Mache der Großmutter und mir Ehre“, sagte sie beim Abschied, und Julia setzte hinzu: „und habe Gott vor Augen bei allem, was du tust.“

Ich bin nun verantwortlich für dies junge Mädchen, dachte Julia später. Die kranke Großmutter hat sie gern zu mir gegeben, weil hier Gottesfurcht herrscht. Das ist mir eine ernste Mahnung. Meine Pflicht soll deshalb sein, nicht nur für die leiblichen Bedürfnisse des Mädchens zu sorgen.

Als die Zeit zum Schlafengehen kam, rief sie Ika zu sich, las ihr eine kurze Betrachtung vor und forderte sie auf, laut mit ihr das Vaterunser zu beten. Dann fragte sie noch:

„Kennst du auch die Bedeutung der einzelnen Bitten?"

„Ja gut", war die Antwort.

„Das freut mich. Aber auswendig wissen und darnach tun sind zweierlei Dinge. Und nun geh schlafen, Ika."

Ankunft der Schwester

Ika ließ sich gut an. Sie fühlte sich glücklich, dass sie den Dienst hier bekommen hatte, und pflegte allen Bekannten mit wichtiger Miene zu sagen: „Ich bin in Stellung bei dem Fräulein im Rosenhaus." Sie ließ sich gern anleiten, denn sie sah ein, dass sie noch lange kein vollkommenes Mädchen sei und dass sie noch viel lernen müsse.

„Ika, morgen kommt meine Schwester, wir müssen fleißig sein, damit Haus und Garten sich im schönsten Licht zeigen", sagte Julia eines Morgens.

Ika, die mit der Harke neben dem sich auf der Leiter befindenden Gärtner stand, der an den Rosen herumputzte, ging schleunigst an ihre Arbeit und säuberte die Wege mit solchem Eifer, dass ihr bald der Schweiß von der Stirn lief.

„Kennt das Fräulein, das morgen kommt, schon das Rosenhaus?", fragte der Gärtner Wolf von der Leiter herunter Fräulein Julia, die vor dem Haus stand und ihn auf einige dürre Ranken und verblühte Rosen aufmerksam machte. „Nein, sie kennt noch nichts von der Herrlichkeit hier."

„Na, da wird sie sich aber wundern, besonders über den Park."

„Den Sie schon seit Jahren so gut instand halten. Nicht wahr, Wolf, Sie werden das auch in Zukunft tun?"

„Das versteht sich doch, Fräulein Julia. Ich hab' ja das schöne Legat bekommen; und dann steht besonders im Testament, dass ich wie bisher für den Garten sorgen soll. Solang ich lebe, soll ihm nichts abgehen. – Seit die gnädige Frau tot ist, ist es recht still geworden", fügte der Mann hinzu.

„Es war die letzten Jahre schon still, meine ich."

„Ja, freilich", kam die Antwort, während Julia Ika im Auge hatte und ihr zurief: „Kind, nur nicht so übereifrig. Jetzt höre auf und warte, bis Wolf fertig ist. Geh jetzt in die Küche; ich komme gleich nach."

Man hatte viel zu tun, um nicht nur den Garten, sondern auch das Haus in Ordnung zu bringen. Alle Räume wurden durchgelüftet, auch in die oberen, in denen ein dumpfer, moderiger Geruch geherrscht, drang Luft und Sonnenschein.

„Fräulein Julia", meinte am anderen Tage Ika, „es gibt ein Gewitter." Sie sah besorgt nach dem Himmel und fügte hinzu:

„Wie wird's da mit dem Fräulein?"

„Sie kommt mit dem Fünfuhrzug", gab Julia zur Antwort. „Wenn es sehr regnet, nehmen wir eine Droschke."

„Aber der Garten, Fräulein!"

„Was ist's mit dem Garten?"

„Die Wege, die ich gestern so sauber geharkt habe, werden nicht gerade schön aussehen."

„Sorge nicht vor der Zeit. Halte nur den Teetisch bis halb sechs bereit."

Ika hatte Recht, es kam ein tüchtiges Gewitter, aber als Julia zur Bahn ging, war es schon fast vorüber. So eilte sie, mit Galoschen und Regenschirm bewaffnet, davon, während Ika im Hause herumlief, hier und da noch etwas ordnete, Teewasser aufsetzte und dann nach oben ging, um sich zum Empfang der anderen Herrin umzuziehen. Denn dass sie nun eine zweite haben würde, hatte schon mehrere Tage ihre Gedanken beschäftigt.

„Zu sehr darf ich mich nicht putzen, das liebt Fräulein Julia nicht und die Schwester vielleicht auch nicht. Aber eine weiße Schürze umbinden und eine hellblaue Schleife anstecken, das wird an einem solchen Tage kein Unrecht sein." Ziemlich lange währte Ikas Toilette. Wie erschrak sie, als sie von unten Julias Stimme hörte: „Ika, wo steckst du in aller Welt, komm schnell."

Mit Donnergepolter stürzte das Mädchen die Treppe hinunter. „Ich – ich – hörte keinen Wagen kommen", entschuldigte sie sich.

„Wir haben auch keine Droschke genommen und sind zu Fuß gegangen. Hilf meiner Schwester aus dem Mantel."

„Dazu brauche ich keine Hilfe", rief fröhlich lachend eine helle Stimme. Fräulein Anna hatte sich bereits des Mantels entledigt und hängte ihn an die Garderobe. Jetzt beugte sie sich zu der Schwester, umarmte sie immer wieder und rief: „Ach Julia, warst du immer so klein?"

„Immer und immer“, erwiderte Julia, „ich müsste denn in den letzten Jahren etwas zusammengeschrumpft sein. Doch nun willkommen in unserem Heim.“ Sie öffnete eine Tür, die in ein großes, zweifenstriges Zimmer führte, während Ika von der Bildfläche verschwand und leise vor sich hin murmelte: „Die ist ja mächtig groß, und so schön noch! Die hatte ich mir ganz anders vorgestellt.“ Die Schwestern durchschritten das erste Zimmer. Anna sah sich interessiert die wertvollen Kupferstiche an den Wänden an. Julia meinte aber: „Wir sehen uns später alles gründlich an, erst wollen wir Tee trinken.“ Sie machte eine Handbewegung und ließ Anna in ein kleineres Zimmer treten, wo der Teetisch bereits gedeckt war.

„Oh, hier ist's behaglich“, rief Anna, indem sie sich in dem kleinen, gut ausgestatteten Zimmer umsah. Sie setzte sich neben Julia auf das Sofa und sagte: „Ach Schwesterchen, dies ist ja wie in einem Märchen; wir beide sollen hier immer zusammen leben?“

„Mir ist's auch oft, als müsste ich aus einem Traum erwachen zur nüchternen Wirklichkeit. Es ist fast zu schön.“

Die nüchterne Wirklichkeit kam schon, als Ika anpolterte, die Augen mehr auf Anna gerichtet als aufs Teebrett, und zwei hübsche Porzellanteller fallen ließ.

„Ika, du bist zu schnell und ungestüm, ich habe es

dir schon oft gesagt." Julia nahm ihr das Teebrett ab, während Ika mit schuldbeladenem Gesicht die Scherben zusammenlas und davonschlich. Nach einigen Minuten kam sie ganz leise wieder herein, schob neue Teller auf den Tisch und entfernte sich ebenso leise wieder.

„Wie heißt das Mädchen?", fragte Anna, und auf Julias Antwort ertönte ein so herzliches, fröhliches Lachen, dass die Schwester angeregt sagte: „Wie mir das wohltut, dich lachen zu hören. Ich denke, mit dir wird viel Frohsinn einkehren."

Die beiden Schwestern sagten es sich immer wieder, wie glücklich und dankbar sie seien, endlich das Ziel ihrer Jugendwünsche erreicht zu haben. Trat einmal in der Unterhaltung eine kleine Pause ein, so maß wohl eine die andere verstohlen mit ihren Blicken.

Wie sieht sie noch gut aus, welch einen Wuchs, welche Haltung! Man sieht ihr die Siebenunddreißig noch nicht an, dachte Julia, während Anna ein wenig bedrückt war:

Wie ist sie alt geworden, und die Nase hatte ich nicht so groß in Erinnerung.

Anna ließ ihre Gedanken laut werden. „Du hast gewiss schwere Jahre hinter dir, Julia."

„Ganz leicht war's nicht; aber ich hatte Frau von Hook lieb und sie mich auch. Es war in den letzten Jahren ein sehr freundschaftliches Verhältnis zwischen uns, das – Fräulein, es leckt." Ika stand in der

Tür mit dieser Meldung und unterbrach jäh die Unterhaltung.

„Was ist?“, fragte Julia.

„Es leckt, Fräulein!“

„Was leckt denn, hast du wieder etwas entzweigemacht?“

„Es hat durchgeregnet, oben in meiner Kammer, es wird wohl ein Loch im Dach sein.“

„Da muss ich gleich mal nachsehen. Einen Augenblick, Anna.“

Die Sonne schien nach dem Gewitter wieder so freundlich, dass Anna die Abwesenheit der Schwester benutzte und vor die Haustür trat. Ganz überrascht und überwältigt blieb sie stehen. Von den vielen Rosen tropfte der Regen; bis hinauf ans Dach blühte und duftete es, und vor ihr lagen die Rasenplätze mit den Blumenbeeten.

„Wie wunderschön“, rief Anna entzückt, nachdem sie sich eine Weile umgesehen hatte. „Dies ist ja ein wahres Paradies.“

„Aber neben der Poesie gibt's auch Prosa“, rief Julia, die eben von oben kam. „Mein Dach ist leider undicht. Ika soll gleich die Handwerker bestellen, die den Schaden ausbessern. Nun will ich dir gleich unser Haus zeigen.“

Sie gingen durch die vorderen beiden Zimmer. Von dem kleinen führte eine Tür nach hinten in ein großes Esszimmer. „Eigentlich zu groß für uns beide“, meinte Julia. „Nun kommen zwei kleinere Räume, die ich als unsere Schlafzimmer ausgesucht habe, so hat jede von uns ihr Reich für sich."

Anna fand alles großartig und kam noch mehr ins Staunen, als sie an der anderen Seite des Hauses einen großen Saal entdeckte. „Hier", erklärte Julia, „sind in früheren Jahren die Feste gefeiert worden. Jetzt ist es eine Rumpelkammer, besonders im Winter, da wird viel aus dem Garten hineingestellt."

„War der Saal denn nie möbliert?"

„Doch, aber die Möbel sind längst verkauft." Julia öffnete eine Tür, die vom Saal nach hinten führte, dort gab es noch einige kleinere Zimmer, dann Speisekammer und Küche.

Schließlich wurden die oberen Räume besichtigt. Zum Schluss meinte Anna: „Welch ein Platz! Du könntest wirklich den oberen Stock vermieten."

„Darf ich nicht; es ist ausdrücklich im Testament vermerkt, dass ich das Haus weder verkaufen noch vermieten darf."

„Wunderlicher Einfall! Aber vererben darfst du es doch?"

„Das wird mir wohl freistehen. Auch ist es mir nicht verboten, jemand umsonst ins Haus zu nehmen, doch vorderhand bleibt alles wie es ist."

Die Schwestern saßen an diesem Abend noch lange beieinander. Anna erzählte von ihrer Schule, von den verschiedenen Familien, auch von der Freundin Margarete, die sie durch den Tod verloren hatte. „Du weißt, Julia, wir stammten aus derselben Heimat, sie war allerdings älter als ich, wir fühlten uns aber sehr zueinander hingezogen, da wir gleiche Interessen hatten."

Eins nur verschwieg Anna der Schwester, das Erlebnis mit dem Sohn ihrer Margarete, und das, was sie für ihn getan hatte. Sie hatte sich fest vorgenommen, dies gegen niemand zu erwähnen, auch der Schwester gegenüber nicht, eingedenk des Wortes, dass die linke Hand nicht wissen soll, was die rechte tut. Und war sie nicht herrlich belohnt für ihre Freigebigkeit, brauchte sie noch zu sorgen? Lag nicht das Leben sonnenhell vor ihr? Sie fühlte sich frei und glücklich! Was konnte sie alles Schönes von dem Leben in der Großstadt haben, sie, die sich für Kunst und Wissenschaft begeisterte, die am Verkehr mit gebildeten, geistreichen Menschen große Freude hatte! Oh, die Zukunft würde sie für manches entschädigen, was sie entbehrt hatte.

Unter diesen Gedanken legte sie sich schlafen. Liebliche Träume umgaukelten sie in der ersten Nacht, die sie im Rosenhaus verbrachte.

Die ersten Tage glichen Fest- und Feiertagen. Bei dem herrlichen Sommerwetter war man fast nur im Garten. Anna genoss in vollen Zügen die Freiheit. Das Gefühl, eine Heimat zu haben, war köstlich; sie hatte dies seit der Eltern Tod nie wieder so empfunden. Julia war immer darauf bedacht, für die jüngere Schwester zu sorgen, obwohl sie bald merkte, dass Anna eine große Selbständigkeit besaß und in manchen Dingen verschiedener Ansicht war, ja, dass sie auch manch anderem huldigte. So hatte Julia am Tage nach Annas Ankunft, als ihr Gepäck eintraf, wahrgenommen, dass ein Rad mitkam. Sie ging misstrauisch näher und sagte, nachdem sie es von allen Seiten betrachtet hatte: „Gehört das Rad dir? Radelst du, Anna?"

„Schon lange, Julia, es ist sehr praktisch und bequem."

„So, so, ich konnte die Dinger nie leiden, jetzt habe ich mich allmählich daran gewöhnt. Ja, die Zeit ist leider vorbei, da die Postillione ihre hübschen Weisen bliesen, die gelben Postwagen herangerasselt kamen, und wir voll hoher Erwartung vor dem Postgebäude standen, um einen lieben Gast zu empfangen. Jetzt rast alles nur so herum, dass einem Hören und Sehen vergeht."

Anna hatte fröhlich dazu gelacht und gemeint, man müsse mit der Zeit gehen und das Neue nicht einfach verdammen. „Sieh, Julia", hatte sie gesagt, „ich habe mit meinen älteren Schülerinnen wunderschöne Touren gemacht, die wir zu Fuß nie hätten ausführen können."

„Ja – aber –", hatte Julia gemeint, „wenn wir nun gemeinsame Spaziergänge machen wollen, wo bleibe ich denn da?"

„Natürlich bleibt dann das Rad zu Hause", hatte Anna gerufen. Da sie aber merkte, dass der Anblick des Fahrzeuges der Schwester Unbehagen bereitete, sorgte sie dafür, dass es bald von der Bildfläche verschwand. Sie und Ika hatten es in dem großen Saal untergebracht, wo es bis auf weiteres bleiben sollte.

Es hatte sich bald herumgesprochen, dass Julias Schwester gekommen war, um mit ihr im Rosenhaus zu leben. Da fand sich denn bald dieser, bald jener Grund, bei Julia Golf vorzusprechen. Annas frisches natürliches Wesen und ihre Art, sich zu geben, gefiel allgemein. Man war sich bald darin einig, dass sie ein nettes und liebenswürdiges Menschenkind sei. Es gab einige Familien in der Stadt, die Julia in den langen Jahren ihres Hierseins hatte schätzen gelernt. Mit ihnen machte sie die Schwester bekannt, besonders aber führte sie sie in das nahegelegene Pfarrhaus ein, wo Julia ein gern gesehener Gast war.

So war ein Monat im Nu vergangen. Anna begann, sich nach einer Tätigkeit zu sehnen. Sie half wohl im Haus und vor allem im Garten. Sie spielte auf dem großen Bechsteinflügel und erfreute damit besonders die Schwester, aber das war ihr doch zu wenig. Als nun eines Tages eine Bekannte fragte: „Wollen Sie denn gar nicht mehr unterrichten, es herrscht hier ein Mangel an guten Kräften“, da überkam sie auf einmal ein großer Drang, wieder im Lehrfach tätig zu sein. So glaubte sie auch Gelegenheit zu finden, mehr mit wissenschaftlich interessierten Menschen zu verkehren, denn so schön es hier war, ihr lebhafter Geist bedurfte starker Anregung. Nicht als ob Julia zu hausbacken gewesen wäre, um nicht höhere Interessen zu haben, nein, sie lasen gute Bücher und hatten schon für den Winter ein literarisches Kränzchen im Auge, aber Anna füllte dies alles nicht aus. Dann kam noch eins hinzu: Die Schwester, die sie schon in ihr Haus aufgenommen hatte, konnte doch nicht auch noch für ihre Kleidung und ihre sonstigen Bedürfnisse sorgen!

Als Anna eines Abends mit ihrem Vorschlag herausrückte, wollte Julia zunächst nichts davon wissen. „Ich habe für uns beide genug, du brauchst nicht noch zu arbeiten." Anna aber stellte ihr vor, dass sie zu wenig zu tun habe, dass es ihr Freude mache zu unterrichten, dass ihr etwas fehle, wenn sie es nicht tue, da streckte Julia die Waffen:

„Ich will dir nicht im Weg sein, du sollst tun, was dir gefällt, nur", fügte sie hinzu und ein leiser Schatten ging über ihre Züge, „nur darfst du nicht zuviel Stunden übernehmen, nicht eingespannt sein von morgens bis abends, damit wir auch etwas voneinander haben."

„Natürlich, liebste Schwester, werden deine Wünsche berücksichtigt. Ich bin dir ja so viel Dank schuldig."

„Sage das nicht, Anna. Es ist für mich genauso von Wert, dich bei mir zu haben. Du sprichst vom Verdienen. Sage mal, du schriebst früher einmal, dass du monatlich etwas zurücklegtest, du hast dir doch sicher in den langen Jahren einiges erspart?"

Anna wusste im Augenblick nichts darauf zu antworten. Julia sah sie fragend an. Hatte die Schwester sie nicht verstanden oder wollte sie nicht verstehen? Noch einmal mochte sie nicht fragen; sie wartete noch eine Weile, dann sagte sie: „Hooks haben mir zwar lange nicht alles vermacht, aber es reicht. Unvernünftig darf ich trotzdem nicht wirtschaften, da die Erhaltung des Hauses ziemlich viel kostet."

Wenn sie gehofft hatte, durch diese Mitteilung Annas Vertrauen zu gewinnen, so irrte sie. Die Schwester rief nur erstaunt aus: „Nun, da stehst du allerdings glänzend, das dachte ich nicht."

„Nicht wahr? Es ist fast des Guten zuviel. Doch ist es etwas anderes, wenn man für sich selbst zu sorgen hat, als wenn man Eigentümerin eines größeren Besitzes ist, der in Ordnung gehalten werden muss. Doch nun genug."

„Ja, du hast Recht, wir wollen das Thema lassen; ich spiele dir lieber etwas vor."

Anna öffnete den Flügel und spielte einige Sonaten. Sie hatte einen weichen Anschlag und trug mit viel Verständnis vor. Dann sang sie noch und erntete von der Schwester viel Lob.

In Julias Herz aber setzte sich an diesem Abend ein ganz leises Misstrauen fest. Warum hatte Anna ihr nicht geantwortet, als sie nach ihren Ersparnissen gefragt hatte? Sie, als ältere Schwester, konnte doch volles Vertrauen beanspruchen. Es war unmöglich, dass Anna in achtzehn Jahren – so lange unterrichtete sie schon – sich nichts sollte erspart haben. Nun, dachte sie, einer gibt das Geld leichter aus als der andere, vielleicht hat ihre Garderobe viel gekostet, sie hat sich das teure Rad angeschafft und andere größere Ausgaben gehabt. Ganz gleich, in ihr Vertrauen hineindrängen mag ich mich nicht.

Anna aber dachte, als sie später allein war: Wie gern hätte ich Julia alles gesagt, aber mein dem jungen Mann gegebenes Versprechen bindet mich.

Sie wunderte sich im Übrigen, dass sie von Wolfgang Müller – außer dem einen Brief, den sie bald nach dem ereignisvollen Tag bekommen – nichts wieder gehört hatte.

* * *

Bald segelte Anna wieder im alten Fahrwasser. Sie fand unter den Lehrerinnen gleich gesinnte Altersgenossinnen, die sich für Kunst und Musik interessierten, aber auch dem Sport huldigten. Ehe sie sich's versah, wurde Anna gebeten, in diese und jene Gesellschaft einzutreten, ein Musikabend wurde eingerichtet, der abwechselnd in den verschiedenen Häusern stattfinden sollte. Als Anna der Schwester davon Mitteilung machte, war sie sofort bereit, ihre Räume dazu herzugeben, sie liebte Musik und freute sich auf diese Abende. Die Damen fanden es reizend im Rosenhaus bei dem liebenswürdigen Fräulein Julia, die ganz in ihrem Element war, wenn sie bewirten oder es den Gästen angenehm machen konnte.

Wenn dann solche Abende bei den andern stattfanden und Julia einsam daheim blieb, da machte sie wohl ein etwas trübseliges Gesicht.

Da schlug Anna vor, sie doch zu begleiten, man würde sich sehr freuen, in ihr ein neues Mitglied zu bekommen; doch Julia wehrte ab. Sie meinte, sie würde ein sehr unwillkommenes Mitglied sein, da sie sich nicht betätigen könne. Sie machte sich später Vorwürfe, dass sie Anna ein verstimmtes Gesicht gezeigt hatte und nahm sich vor, diese Abende zu Besuchen bei guten Bekannten zu benutzen oder die Freundin Charlotte aufzufordern, ihr an den einsamen Abenden Gesellschaft zu leisten.

„Siehst du, Julia", sagte die immer sehr weise und vernünftige Charlotte, „Anna ist zwölf Jahre jünger als du. Sie erwartet vom Leben noch mehr. Du kannst nicht verlangen, dass sie sich hier, es mag noch so schön im Rosenhaus sein, einspinnt. Du bist nun schon jahrelang an ein ruhiges Leben gewöhnt, kannst das Gleiche aber nicht von ihr verlangen."

„Du hast Recht, wie immer", sagte Julia überzeugt.

* * *

Eines Tages, es war ein schöner Septembertag, kam Anna froh nach Hause und verkündete, dass am Nachmittag ein Radausflug geplant sei. Es würden viele Damen, auch einige Herren, teilnehmen, auch sie sei aufgefordert.

„Ja – aber –" meinte Julia, „die Tage sind kurz; wann wollt ihr denn zurückkommen?"

„Das kann ich nicht sagen. Doch sorge dich nicht, Julia. Wenn ich dich nur mitnehmen könnte!"

„Auf dem Rad?" Julia warf ihr einen entsetzten Blick zu, der Anna verstummen ließ. Aber dann, als sie sich Julia auf dem Rad vorstellte, ertönte ihr helles Lachen, dem die Schwester nicht widerstehen konnte. Sie musste mitlachen und rief aus: „Hole nur das Ungetüm endlich einmal hinter dem Bettschirm hervor, die beiden passen ja doch nicht zusammen."

Ika musste helfen, und sie kam nur zu gern. Mit Fräulein Anna gab es ja auch immer Spaß. Unter vielem Lachen und Vergnügen wurde das Rad ans Tageslicht gefördert, endlich, nach langem Warten. Anna hatte den Zeitpunkt schon längst herbeigesehnt. Es wurde blank geputzt, und dann schwang sie sich gewandt hinauf und radelte mit solcher Anmut zum Tor hinaus, dass Julia kopfschüttelnd sagte: „Hätte nie geglaubt, dass Anna so etwas fertig brächte."

Ika aber, die das Tor geöffnet hatte und ihr mit Verwunderung nachsah, rief: „Fräulein Anna sieht aber mal gut aus."

Julia machte sich in Haus und Garten zu schaffen, so dass ihr die Zeit schnell verging. Als sie am

Spätnachmittag ihren Tee getrunken hatte, wartete sie vergeblich, dass Ika kommen sollte, um abzuräumen. Sie klingelte, nichts regte sich in dem großen Haus. Endlich ging sie, das Mädchen zu suchen. In der Küche brannte die Lampe, von Ika war nichts zu sehen. Julia ging aus der Hintertür um das Haus herum. Am Tor stand Ika, ein männliches Wesen neben ihr.

„Dies ist wirklich eine hübsche Entdeckung! Ika! Ludovika!"

Zum erstenmal entfuhr der ganze Name dem kleinen Fräulein mit einer Kraft und Donnergewalt, dass der Mann sich umdrehte und verschwand, als habe die Erde ihn verschluckt.

Julia ging ohne weiteren Kommentar ins Haus zurück. Später, als das Mädchen bis über die Ohren rot ins Zimmer kam, sagte sie nur: „Wegräumen."

Sanft und leise, wie das Fräulein es gern hatte, machte sich Ika an die Arbeit, von Zeit zu Zeit nach dem Gesicht Julias blickend.

„Sie sieht an der Nase herunter", sagte sie halblaut zu sich selber, als sie das Geschirr nach draußen trug. „Das gibt heute noch etwas."

Und richtig, nach dem Abendessen fragte Julia: „Welche Bitte kommt heute dran?"

Ika dachte ein Weilchen nach; sie stotterte und wurde wieder rot: „Die sechste."

Sie haspelte sie herunter und wollte schnell zur Tür hinaus.

„Bleibe noch ein wenig, mein Kind. Mit wem standest du am Gartentor?“

„Och, das war der Gärtner aus der Villa drüben, wir erzählten uns nur ein bisschen.“

„Das Erzählen ist an und für sich kein Unrecht, aber ich wünsche, dass das nicht wieder vorkommt. Ein ordentliches Mädchen gibt abends jungen Männern kein Stelldichein. Es ist auch nicht beim Erzählen geblieben, Ika.“

Ika senkte den Kopf. „Denke an die Bitte, die du mir eben aufgesagt hast, und an deine Großmutter. Lass dir nichts zuschulden kommen, worüber Großmutter und Mutter sich betrüben würden. Nun hole deine Arbeit, wir wollen zusammenbleiben, bis Fräulein Anna kommt.“

Ika holte ihre Handarbeit und setzte sich mit an den Tisch. Julia war wieder freundlich, erkundigte sich nach den Ihrigen und holte dann ein Buch hervor, aus dem sie vorlas. Von Zeit zu Zeit horchte sie, ob wohl Anna kommen würde.

Es war zehn Uhr geworden, kein Ton ließ sich hören. Julia wurde ängstlich. „Es wird doch nichts passiert sein?“ Ika, die die Szene von vorhin schon vergessen hatte, meinte vertraulich: „Ja, Fräulein, das Rad wird wohl hin sein. Mit die Räder passiert immer was. Vorige Woche ist ein Mann mit sein Rad gegen einen Baum gerast, da hat er sich den Kopf eingeschlagen.“ Diesem Bericht folgten weitere, die Ika in den stärksten Farben vorzutragen verstand, bis Julia aufgeregt rief: „Höre auf mit deinen Geschichten!“

Sie warteten noch eine Stunde, endlich um elf Uhr meinte Julia, sie wollten miteinander an das Gartentor gehen. Sie traten in den vom Mondschein beleuchteten Garten. Das Haus lag in tiefem Frieden; die Rosen waren längst verblüht, es war Julia, als sei mit ihrem Duft und ihrer Schönheit, die sie dem ganzen Haus verliehen hatten, auch in ihr etwas verloren gegangen; sie hätte weinen können. Doch in diese trübe Stimmung rief Ika: „Jetzt kommt sie!“ Bevor Anna sich vom Rad geschwungen, hatte Ika schon das Tor geöffnet, und mit einem fröhlichen „Guten Abend, guten Abend“ begrüßte Anna die Schwester.

„Gott sei Dank, dass du da bist“, rief Julia erleichtert, „ich habe mich so um dich gesorgt.“

„Es ist später geworden als wir dachten. Jemand hatte mit dem Rad Pech –“

„Sehen Sie, Fräulein Julia“, unterbrach Ika die Rede. „Ist er tot, Fräulein Anna?“

„Dummes Zeug. Es war eine Kleinigkeit zerbrochen, was im Dorf gemacht werden musste. Aber wir konnten die Betroffene nicht allein zurücklassen und haben uns unterdes im Gasthof nett unterhalten.“

„Und ich habe mich geängstigt.“

„Arme, liebe Schwester, um mich brauchst du dich nicht zu sorgen. Ich habe ja so viele Jahre selbständig gelebt und mich überall durchgeschlagen, das bedenke nur.“ Sie erzählte beim Zubettgehen noch von dem wunderschönen Ausflug, und bedauerte immer wieder, dass Julia nicht dabei gewesen war.

Bald aber hörte Julia das regelmäßige Atmen der Schwester. Sie war durch das lange Fahren im Freien ermüdet, kein Wunder. Doch Julia konnte nicht so schnell einschlafen. Sie hatte allerlei erlebt, was ihr zu denken gab. Ika stand in Gefahr, leichtsinnig zu werden. Befasste sie sich nicht genügend mit ihr? Da saß das Mädchen nun Abend für Abend allein, sie war jung, man konnte nicht verlangen, dass sie das auf die Dauer aushielt, und sie würde, das hatte Julia heute gemerkt, sich selbst einen Ausweg suchen. Nein, Ika sollte gute Bücher zum Lesen bekommen, öfters mal bei ihr bleiben oder ihre Mutter besuchen. Und sie wollte es sich zur besonderen Aufgabe machen, wenn Anna nicht da war, sich Ikas anzunehmen; sie war doch verantwortlich für das Mädchen.

Dann dachte sie viel an die Schwester und wie sie sich das Leben mit ihr doch ein klein wenig anders gedacht habe. Aber in ihrer Freiheit beschränken wollte sie die Schwester nicht, das nahm sie sich aufs Neue vor. „Du, lieber Gott, musst mir in allem raten“, betete sie.

Ein neuer Bewohner des Rosenhauses

Anna fand große Befriedigung an dem Unterricht in der großen höheren Mädchenschule. Man hatte bald erkannt, dass man eine tüchtige Kraft an ihr gewonnen hatte; die Leiterin hätte sie gern als Klassenlehrerin gehabt. Anna aber wollte sich mit Rücksicht auf ihre Schwester nicht ganz binden und beschränkte sich nur auf einige Stunden. Französisch- Englisch- und Religionsstunden. Biblischer Unterricht war immer ihr Lieblingsfach gewesen, sie fand, dass sie in diesen Stunden den Herzen der Kinder besonders nahe kam. Julia freute sich, wenn Anna aus der Schule erzählte oder wenn diese und jene Schülerin sie besuchen kam. Die jungen Mädchen, die bald für Fräulein Anna Golf schwärmten, waren glücklich, wenn sich ein Grund fand, ins Rosenhaus zu gehen. Julia merkte bald, wie die Herzen der Kinder der Schwester zuschlugen und dachte mitunter: „Ich wollte, ich würde auch so geliebt!"

Im Winter wurden mehr und mehr Anforderungen an Anna gestellt. Sie war Mitglied eines Frauenvereins geworden, gehörte einem Streichquartett und einem literarischen Kränzchen an und besuchte eine ganze Reihe von Vorträgen.

Bei Julia, die mitunter ein leises Kopfschütteln nicht unterdrücken konnte, entschuldigte sie sich damit, dass sie solche Anregungen früher so lange habe entbehren müssen. Sie pflegte Julia immer sehr zu bitten, sie zu diesem oder jenem Vortrag zu begleiten, mit ihr in dieses oder jenes Konzert zu gehen, so dass sie in letzter Zeit öfters zusammen ausgingen. Dann wurde das Haus geschlossen und Ika zur Mutter geschickt. Doch Julia fühlte sich unter vielen Menschen unsicher, sie sehnte sich dann nach ihrer stillen Häuslichkeit.

An einem Abend, Anna hatte sich eben zu einem Konzert fertig gemacht, fiel es Julia ein, einen Besuch im Pfarrhaus zu machen.

„Sie böses Fräulein Julia, wo stecken Sie nur immer? Wo haben Sie denn Ihre liebe Schwester, die sollte doch nicht allein zu Hause bleiben?"

Julia überhörte absichtlich die letzte Frage und antwortete auf die erste, dass sie viel im Hause zu schaffen gehabt habe, besonders mit der Obsternte. Eben jetzt sei der Gärtner dabei, das letzte in einer Bodenkammer unterzubringen. Und außerdem habe sie großen Herbstputz gehabt.

„Ja, ja", meinte die kleine, lebhafte Frau Pfarrer, „in einem solchen Anwesen gibt's viel zu tun."

„Ich arbeite gern und bin besonders froh, dass ich noch den alten Gärtner habe, er ist mir unentbehrlich."

Ihr Gespräch wurde durch den Eintritt des Pfarrers unterbrochen, eines Mannes in mittleren Jahren, der schon lange in dieser Gemeinde wirkte.

„Ich höre, die Damen reden von der Wirtschaft,

ich komme nun mit etwas ganz anderem dazwischen. Wollte eben zu Ihnen kommen, mein liebes Fräulein, und Sie bitten –"

„Ach ja", fiel die Pfarrfrau ein, „das hatte ich ganz vergessen, sonst hätte ich schon vorgearbeitet."

„Vorarbeit ist, denke ich, nicht nötig. Ich kenne Fräulein Julia zu gut, um eine Absage zu befürchten."

Julia war neugierig geworden und schaute erwartungsvoll auf. Nun kam der Pfarrer mit seiner Bitte heraus. „Fräulein Julia, Sie haben jetzt ein großes Haus, würden Sie wohl einem kleinen, schmächtigen Studenten ein Zimmer abgeben, ohne auf Entschädigung zu hoffen?"

„Vermieten darf ich sowieso nicht, aber von Herzen gern will ich dem jungen Mann ein Zimmer geben, ja von ganzem Herzen. Ich freue mich, wenn ich jemand helfen kann. Er mag gern das ganze obere Stockwerk bekommen."

Der Pfarrer lachte herzlich. „Ja, wenn der junge Mann eine Familie hätte, wäre das annehmbar. Aber zum Glück ist er noch frei, los und ledig, braucht nur für sich ein Unterkommen."

Er erzählte dann, dass der Student sehr begabt sei. Das hätte ihn sein Pfarrer erkannt und ihn unentgeltlich unterrichtet. Die letzten Jahre hätte er dann das Gymnasium besucht. Der Pfarrer hätte durch Sammlung bei Freunden und Bekannten das nötige Geld aufgebracht und der Student habe alles getan, sich durch Stundengeben etwas zu verdienen, und später das Abitur mit Auszeichnung bestanden.

„Für einen so begabten Menschen muss man etwas tun“, fügte der Pfarrer hinzu. „Ich habe gleich gewusst, dass Sie uns helfen würden.“

Die Augen des kleinen Fräuleins leuchteten. „Seit langem habe ich darauf gewartet, dass Gott mir etwas vor die Tür legen sollte, ich wusste schon, dass es einmal geschehen würde.“

Während dieser Worte stand sie auf, aber die Pfarrfrau hielt sie zurück: „Nur nicht gleich wieder fort, jetzt bleiben Sie noch ein Weilchen.“

„Kann ich ihn sehen?“, fragte Julia.

„Er ist in die Stadt gegangen. Diese Nacht behalten wir ihn und morgen –“

„Morgen bringen Sie ihn zu mir. Es wird alles in Ordnung gebracht, er soll sich bei uns wohl fühlen.“

„Das wusste ich, das wusste ich. Sie müssten nicht die immer hilfsbereite Julia sein.“

Die Anerkennung tat dem kleinen Fräulein wohl. Aber nun gab es kein Aufhalten mehr. Sie trippelte eilfertig nach Hause und lief so schnell die Treppe hinauf, dass Ika ganz ängstlich fragte: „Fräulein, ist wer hinter Ihnen?“

„Dummes Zeug. Wir beide haben heute Abend noch einiges zu tun.“

„Aaach“, kam es gedehnt von Ikas Lippen. „Aberst wir haben jetzt noch mit die Äpfels zu tun, dann muss das Abendbrot gemacht werden und dann der Aufwasch."

Julia sah ein, dass es besser sei, bis zum andern Morgen zu warten, doch bereitete sie Ika schon darauf vor, dass sie morgen eine Stunde früher aufzustehen habe. Dies beschäftigte das Mädchen sehr, besonders als sie bemerkte, dass Fräulein Julias Augen so freundlich strahlten; vielleicht stand eine große Festlichkeit bevor.

Als Wolf gegangen und alle Arbeit getan war, erschien Ika fragend mit einem Buch in der Hand. Es gefiel ihr jedenfalls besser, wenn Fräulein Julia hübsche Geschichten vorlas, als wenn noch gearbeitet werden sollte.

„Lege das Buch weg, es geht jetzt nach oben. Mach nicht solch verdutztes Gesicht, ich will nur etwas mit dir beraten, gearbeitet wird nicht mehr." Sie erzählte, während sie die Treppe hinaufstiegen, um was es sich handelte. Heute solle nur das Zimmer ausgesucht werden.

Das war freilich etwas ganz Neues. Ein junger Herr im Haus, das gab noch mehr Leben.

Julia musterte kritisch alle Räume. „Dieser ist zu groß", entschied sie, „und jener zu schmal – in diesem stehen meine von den Eltern ererbten Sachen, die möchte ich nicht hergeben – aber das Eckzimmer vielleicht. Leuchte einmal hierher. Ja, Ika, das wird passen. Zwei Fenster nach vorn heraus, eins nach der Seite, nebenan eine hübsche Kammer zum Schlafen, ja, dies nehmen wir. Hier wird er's gut haben. Also morgen beizeiten ausräumen und scheuern, aber gründlich, hörst du, Ika. Sofa und Tisch lassen wir stehen, das große leere Bücherregal von nebenan kommt dann noch hinein."

Ika nickte beifällig, obwohl sie dachte, das hätte morgen auch alles noch bestimmt werden können. Allein, es war Julias Bedürfnis, heute Abend noch etwas zu tun. Nun, da sie wusste, wo der junge Mann untergebracht werden sollte, kamen ihre Gedanken zur Ruhe.

„Was geht denn hier so spät am Abend vor?", rief eine wohlbekannte Stimme. „Ich finde die Haustür offen und niemand unten. Julchen, was schaffst du denn da oben bei Nacht und Nebel? Immer noch beim Obst?"

„Wir haben ein Zimmer für den jungen Herrn ausgesucht", sagte Ika wichtig.

„Ika, lass mich antworten, wenn du nicht gefragt bist. Ich erzähle dir alles, Anna, wir kommen gleich herunter."

Julia gab Ika das Buch mit der Erlaubnis, die angefangene Geschichte zu Ende zu lesen. Nun berichtete sie. Anna fand es prächtig, dass ein Stückchen des Hauses einem guten Zweck dienen sollte. Die drei Insassinnen aber warteten, jede auf ihre Art, gespannt auf den Neuen.

Er erschien um die Mittagszeit, ein schmächtiger junger Mann, verneigte sich vor der Besitzerin des

Hauses. Julia streckte ihm die Hand entgegen und hieß ihn herzlich willkommen. Halb um Entschuldigung bittend, setzte sich der Student auf den angebotenen Stuhl und beantwortete höflich die an ihn gerichteten Fragen. Herr Maß, so hieß er, drückte seine Dankbarkeit in so rührender Weise aus und versicherte immer wieder, wie glücklich er sei, dass er zu Anfang seiner Studienjahre hier unentgeltlich wohnen dürfe. Fräulein Julia frohlockte, was würde er erst sagen, wenn er die Zimmer sehen würde!

Aber er sagte nichts, so überwältigt war er, als sie mit freundlichem Lächeln und leuchtenden Augen das Zimmer öffnete, das mit ihren und Ikas vereinten Kräften an Sauberkeit und Behaglichkeit wohl seinesgleichen suchte.

„So“, sagte Julia, „nun machen Sie sich's bequem. Gott segne Ihren Eingang und Ihre Studien.“ Er stammelte Worte des Dankes. Sie wehrte ab und verließ ihn, da sie noch Anordnungen für den Mittagtisch zu machen hatte.

Nach einer Weile fiel ihr ein, dass sie ihn nicht aufgefordert habe, mit ihnen zu essen. Sie schickte deshalb Ika hinauf mit der Bitte, Herr Maß möge um halb zwei Uhr zum Essen herunterkommen.

„Der Herr ist weg“, meldete sie.

„Schon fort, das ist ja merkwürdig. Hast du denn gehört, dass jemand die Treppe herunterkam?“

„Ja, es war noch einer bei ihm.“

„Hatte er denn schon Besuch?“

„Ja, er sagte zu jemand, er wollte sich einmarinieren lassen."

Jetzt konnte Julia nicht mehr an sich halten. Sie lachte herzlich und sagte: „Er hat wohl immatrikulieren gesagt?"

„Ja, so etwas Ähnliches war es. Die zwei gingen dann miteinander los."

„Hoffentlich kommt er bald wieder."

Damit beruhigte sich Julia, aber Herr Maß kam nicht.

„Wo ist denn das Studentlein?", fragte Anna.

„Weg!", sagte Ika, die gerade mit der Suppe ins Zimmer kam. Julia, die etwas enttäuscht war, sagte ärgerlich:

„Ika, du sollst nicht immer antworten, wenn du nicht gefragt bist."

Ika schlich hinaus und Julia erzählte, was sie erlebt hatte. Anna, die die Verstimmung der Schwester bemerkte, suchte sie mit Geschichten aus der Schule aufzuheitern. Die aber unterbrach sie immer wieder: „Warum kommt er nur nicht, warum kommt er nur nicht?"

Als die Schwestern nach Tisch im kleinen Zimmer zusammensaßen, steckte Ika den Kopf zur Tür herein: „Das Studentlein ist jetzt da!"

„Für dich ist er ‚Herr Maß', das merke dir ein für allemal", mahnte Julia. Anna lachte herzlich, als Ika verschwunden war. „Das hat sie von mir gehört, ich muss künftig vorsichtiger sein."

„Sie ist schon gut“, meinte Julia, „aber kurz muss sie gehalten werden, sonst schlägt sie über die Stränge.“

Ein leises Klopfen ließ sich hören, Herr Maß betrat das Zimmer.

„Das Mädchen sagt mir eben“, begann er stotternd, nachdem er sich tief vor der fremden Dame, die Julia als ihre Schwester vorstellte, verneigt hatte, „das Mädchen sagt mir eben, verehrtes Fräulein Golf, dass Sie mich zum Mittagessen erwartet haben. Soviel Güte kann ich kaum annehmen.“

„Warum nicht, Sie komischer Kauz“, – er errötete bei diesem Tadel – „freilich, Sie sollen alle Tage bei uns essen. Ich bin ja froh, wenn ich für einen Menschen mehr zu sorgen habe. Nein, nicht soviel danken. Es ist gar kein Opfer von meiner Seite, es ist selbstverständlich. Wo waren Sie denn so lange?“

„Ich musste mich erst immatrikulieren lassen, und dann – ja dann bin ich in einem Restaurant in der Mühlenstraße gewesen. Ein Freund sagte mir, dass man dort einen billigen Mittagstisch bekomme.“

„In der Mühlenstraße! Am anderen Ende der Stadt! Und dahin wollen Sie jeden Mittag laufen, um sich eine kärgliche Kost zu holen, die weder Saft noch Kraft hat? Nein, daraus wird nichts, Sie bleiben hier bei uns alten Damen.“ Herr Maß warf einen Seitenblick auf die schlanke hübsche Frau neben Julia, als ob die Bezeichnung „alt“ wohl nicht ganz zutreffend sei.

„Nicht wahr, Herr Maß“, sagte Anna munter, „mich sehen Sie noch nicht als Großmutter an, ich wenigstens fühle noch viel Kraft und Frische in mir.“

„So möchte ich das ältere Fräulein Golf aber auch nicht angesehen haben.“

„Aber setzen Sie sich doch, Herr Maß“, bat Julia freundlich.

Der Student entschuldigte sich, dass er gleich gehen müsse. Er habe noch einige Gänge zu tun. Zum Abend werde er sich erlauben, einen längeren Besuch zu machen.

„Sie können ganz nach Belieben kommen und gehen und brauchen sich keinen Zwang aufzuerlegen. Nur die Mittags- und Abendzeiten bitte ich pünktlich einzuhalten oder vorher zu sagen, wenn Sie etwas anderes vorhaben. Heute Abend bitte ich einen tüchtigen Appetit mitzubringen, das Mittagessen wird aufgewärmt.“ –Julia hatte nie Grund zu bereuen, dass sie das Studentlein bei sich aufgenommen hatte. Es gab keinen dankbareren und bescheideneren Menschen. Am ersten Abend, nachdem er anscheinend schon zur Ruhe gegangen war, ging Julia nach oben, um aus irgendeinem Zimmer etwas zu holen. Da bemerkte sie, dass vor seiner Tür ein kleiner Kasten stand. Neugierig kam sie näher und sah, dass es der Wichskasten war, worin sich alles befand, was zur Reinigung der Schuhe gehörte.

Sie ging kopfschüttelnd in die Küche und fragte Ika, was dies zu bedeuten habe.

„Das Studentlein – Herr Maß“, verbesserte sie sich, „hat mir gebeten, ich soll ihm die Bürsten vor die Tür setzen, er will sich seine Stiefel selbst putzen.“

„Schäme dich, Ika.“

„Ja, aber Fräulein, wenn er es doch sagte.“

„Ich wollte dir gerade heute Abend sagen, dass ich deinen Lohn erhöhen will. Es tut mir Leid zu sehen, dass du nicht gern umsonst etwas für deine Mitmenschen tust.“

Als Ika gute Nacht sagte, reichte sie Fräulein Julia die Hand und sagte: „Ich will die Stiefel für Herrn Maß doch gern putzen und mehr Lohn brauchen Sie mir nicht zu geben.“

„Das werde ich doch tun. Es freut mich aber, dass du dein Unrecht eingesehen hast.“

* * *

Herr Maß war vom ersten Tag an ein von allen gern gesehener Hausbewohner, immer höflich, bescheiden und dienstfertig. Er war stets zur Hand, wenn etwas gesucht wurde oder wenn etwas Schweres getragen werden sollte. Man konnte sicher auf seine Hilfe rechnen, selbst Ika erfuhr Proben seiner Aufmerksamkeit. Anna entdeckte bald, dass der junge Mann geistig sehr interessiert war und unterhielt sich gern mit ihm über alles Mögliche. Er war zu einem anregenden Element des Hauses geworden.

Und wenn man ihn gefragt hätte, welcher Schwester er den Vorzug gäbe, so würde er gesagt haben: der kleinen. Dies mütterliche Sorgen für ihn, diese Freude in ihren Augen, wenn er sein Wohlbehagen ausdrückte, dieses Denken an alles, was zu seinem Wohlbefinden beitrug, erweckte in ihm eine tiefe Dankbarkeit. Er fühlte sich wie ein Sohn des Hauses.

So war mit Herrn Maß' Einzug keine Unruhe, sondern Segen ins Haus gekommen. Er selbst konnte oft kaum glauben, dass er, der arme Junge, im Besitz einer Wohnung war, um die ihn viele der wohlhabenden Studenten beneideten. Er suchte Fräulein Julia auf jede Weise seine Dankbarkeit zu zeigen. Als er merkte, dass sie oft abends allein war, fragte er sie, ob er mitunter kommen dürfe und ihr vorlesen. An solchen Abenden geschah es dann, dass er auftaute und über seine Familie sprach.

„Ihre Eltern sind arm?“, fragte Julia. „Ich hörte wohl so etwas im Pfarrhaus.“

„Mein Vater ist lange tot, meine Mutter lebt in einer freilich sehr bedrängten Lage. Sie ist mit mir dankbar für das, was Sie für mich getan haben und noch tun.“

„Darf ich fragen, was der Vater gewesen ist?“, forschte Julia weiter. Sie hatte bei der Äußerung des Pfarrers „von armen Eltern“ und „Dorf“ geglaubt, dass der Vater Landarbeiter oder so war. Die Art und Weise aber, in der er von seinem Vater sprach, machte sie irre.

„Mein Vater war Musiklehrer. Durch die Musik hat er auch meine Mutter kennen gelernt. Sie hat sich leider dadurch mit ihrem Vater entzweit, der ihrer Heirat mit einem Mann, der nach seiner Meinung nichts war, die Zustimmung versagte."

„Lebt Ihr Großvater noch?"

„Ich glaube ja. Aber ich habe ihn nie kennen gelernt."

Julia mochte nicht weiter fragen. Der Student gewann aber noch an Interesse. Es stand im Hintergrund etwas Geheimnisvolles, das vielleicht noch ein überraschendes Nachspiel haben könnte. Er selbst schien daran nicht zu denken; er war und blieb in seinen Augen ein armer Schlucker, der von der Gnade anderer Menschen leben musste. Aber das war ihm auch stets ein Ansporn gewesen. So saß er auch jetzt bis spät in die Nacht, studierte und lernte, um später als tüchtiger Theologe seinen Platz auszufüllen.

Eine unerwartete Mitteilung

„Musst du schon wieder fort, Anna?“, fragte die Schwester eines Tages, als die Schneeflocken durcheinanderwirbelten und der Wind um das Haus pfiff.

„Heute haben wir etwas Besonderes vor, Julia. Es ist eine wichtige Versammlung, an der unser Herr Pfarrer und einige andere Geistliche der Stadt teilnehmen. Es geht um den Religionsunterricht an den Schulen. Du weißt“, fuhr sie erklärend fort, „dass manche moderne Lehrer die Grundsätze unseres Glaubens verneinen. Man will die Bibel nicht mehr als Gottes Wort anerkennen und die Gestalt unseres Heilandes herabwürdigen. Auch eine Anzahl der Lehrer unserer Stadt wollen den Religionsunterricht aus den Schulen verbannen. Dagegen wollen wir kämpfen.“ Mit diesen Worten ging sie, die Kapuze über den Kopf gezogen, einen Abendmantel um die schlanke Gestalt.

Julia war im ersten Augenblick ganz benommen. So hatte sie die Schwester nie reden hören. Im Gegenteil, sie hatte oft gefürchtet, Anna entferne sich immer mehr von Gott. Die großen Geselligkeiten, in die sie hineingeraten, dienten nach ihrer Meinung weder der inneren Ruhe und Sammlung noch dem Seelenfrieden der Schwester. Es freute sie deshalb doppelt zu hören, dass sie gewillt war, ein Bekenntnis für den Herrn abzulegen. Ja, Charakter hatte die

Anna. Da ging sie aufrecht durch Schnee und Sturm. Julia fühlte wieder, wie ein starkes Gefühl von Liebe für diese ihre einzige Schwester sie durchströmte.

„Was sie kann, kann ich auch", dachte sie. „Gesund bin ich, warum mich nicht auch dem Wind und Wetter aussetzen? Wollte schon lange meine Kranken besuchen, heute werden sie sich doppelt freuen."

Sie ging nach oben und klopfte an die Türe des Studenten. Auf sein „Herein" öffnete sie die Tür. Da saß er schreibend inmitten eines Haufens Bücher. Sofort sprang er auf und ging dem Fräulein entgegen.

„Ich habe einige Gänge in der Nachbarschaft vor und wollte Sie nur bitten, lieber Herr Maß, ein Auge auf Ika zu haben. Sie soll das Haus während meiner Abwesenheit nicht verlassen, es ist hier in der Nähe ein junger Mensch –

Sie wissen – man muss die Mädchen hüten."

Er lächelte verlegen.

„Was ich dabei tun kann, soll geschehen", sagte er, wenn ihm auch nicht klar war, was geschehen sollte.

Als Julia zurückkam, schüttelte sie sich den Schnee vom Mantel. Da kam auch schon Ika eilfertig herbei und nahm ihr die Sachen ab.

„Herr Maß", berichtete sie, „hatte heute aber viel zu fragen, alle paar Minuten rief er mich, bald hatte er dies, bald jenes. Sonsten, wenn er so arbeiten tut, mit all die Büchers um ihn herum, dann sitzt er wie festgenagelt am Stuhl. Sonderbar, nicht wahr, Fräulein?"

Julia überhörte geflissentlich die Frage und dachte, dass sie recht ungeschickt gehandelt hatte, dem jungen Mann die Bewachung ihres Mädchens zuzumuten.

Sie erzählte Ika, dass sie bei ihrer Großmutter gewesen sei. Der Großmutter größter Wunsch sei, dass sie ein frommes und fleißiges Mädchen sein möge. „Du wirst sie nicht mehr lange haben, Kind; sie wird bald in die ewige Heimat abgerufen werden; wer wie sie im Glauben aufwärts blickt, der kann in Frieden scheiden."

Ika traten die Tränen in die Augen. „Ja, ich wollte, ich wäre wie meine Großmutter", schluchzte sie. „Aber ganz schlecht bin ich doch nicht, Fräulein, ich konnte nichts dafür, dass er plötzlich in der Küche stand, als Sie fort waren."

„Wer?", rief Julia, und eine Ahnung stieg in ihr auf.

„O der von drüben. Er hatte wohl gesehen, dass Sie weggingen."

„Ika!"

„Bscht, stille, Fräulein, er geht weit fort. Sie brauchen keine Angst mehr zu haben, einen neuen schaff ich mich nich an. Er will mir immer treu bleiben. Er geht mit seinen Leuten nach dem Süden, der alte

Baron ist kränklich, und soll immer dort bleiben. Er wollte mich bloß Adieu sagen. Wir konnten aber gar nicht viel reden, weil der da oben immer nach mir rief."

Julia hatte nun eine ernste Unterredung mit Ika, die damit endete, dass sie, wenn der junge Mann es wirklich treu meinte und sie später zu heiraten gedächte, alles mit der Mutter und Großmutter besprechen müsse.

„Es ist schon in Richtigkeit, Mutter und Großmutter wissen es. Ich soll ihn behalten."

* * *

Anna kam frohbewegt nach Hause. „Das Wort unseres Gottes bleibt in Ewigkeit", sagt sie. „Es fanden sich viel mehr Teilnehmer, als wir gedacht hatten; wir werden um unser Recht bis aufs Äußerste kämpfen."

„Das ist schön, Anna, ich bin ganz glücklich, dass du in dem einen Punkt mit mir übereinstimmst."

„Hast du je daran gezweifelt?"

„Du sprichst dich so wenig darüber aus –"

„– und führst ein so weltliches Leben", setzte Anna hinzu, und eine leise Bitterkeit lag in den Worten.

„Ich kann nicht viel von dem sprechen, was mein Innerstes bewegt, das ist nicht jedem gegeben."

Julia schwieg. Hatte Anna nicht Recht? Hatte sie, die ältere Schwester, nicht oft im Stillen geseufzt, dass die jüngere nach ihrer Meinung zu viel Zerstreuung suchte?

Als sie eine Zeitlang stumm einander gegenüber gesessen hatten, streckte Julia der Schwester die Hand entgegen. „Sei mir nicht böse, Anna, du bist und bleibst meine liebe, gute Schwester, wir sind beide eben verschieden veranlagt."

„Ja, sehr verschieden, deswegen können wir uns mitunter nicht verstehen; wir können uns aber trotzdem lieb haben."

„Gewiss", stimmte Julia aus vollem Herzen bei, „wir haben uns trotzdem sehr, sehr lieb."

* * *

Dieser Winter gestaltete sich für die Besitzerin des Rosenhauses weit angenehmer als alle vorhergegangenen. Nun hatte sie nicht nur ihre Anna im Hause, auch einen liebenswürdigen jungen Mann, und die frische Ika gab durch ihr urwüchsiges Wesen oft Anlass zur Freude.

Dazu kam, dass Herr Maß sehr musikalisch war, und so oft es seine und Annas Zeit erlaubte, entweder mit ihr vierhändig spielte oder sie auf der Violine begleitete. So wurde oft abends noch ein Stündchen musiziert, und wenn das musikalische Kränzchen im Rosenhaus stattfand, wurde Herr Maß natürlich zur Teilnahme aufgefordert. Auch ein Freund von ihm, ein gewisser Herr Olsen, der sehr viel zu ihm kam, wurde ein gern gesehener Gast dieser Abende.

An einem Wochentag jedoch, einem Dienstag, ging es um die Mittagszeit besonders lebhaft im Rosenhaus zu. Da sah man alte Weiberchen mit Henkeltöpfen oder Kinder mit verdeckten Körben nach dem Hause pilgern und sehr befriedigt, ihre Gefäße vorsichtig tragend, wieder herauskommen.

„Das ist aber ein gutes Fräulein", hörte man dann wohl sagen.

Drinnen am Herd aber stand das kleine Fräulein mit der großen Kelle und füllte die Gefäße der Umherstehenden. Ihr Gesicht war zinnoberrot von der Glut des Ofens, und ihre Augen strahlten, jeder bekam ein freundliches Kopfnicken und mancher, der einen Kranken zu Hause hatte, wurde teilnehmend gefragt, wie es gehe.

„Aber das gibt einen Aufwasch heute", seufzte Ika.

„Schäme dich! Muss man nicht für seine Mitmenschen gerne etwas tun? Du hast reichlich zu essen, gönne es den Armen und Kranken mit Freuden, auch wenn du ein paar Töpfe mehr abzuwaschen hast."

Ika schwieg. Sie besann sich plötzlich, dass am heutigen Abend die vierte Bitte mit der Erklärung aufgesagt werden müsse und lenkte schnell ein. „Ich will's schon machen", meinte sie, „aber ob's die alte Marie fertig gebracht hätte?"

So verging ein Monat nach dem andern, und wieder war es Frühling geworden. Julia ging allemal das

Herz auf, wenn es sich in ihrem Garten zu regen begann. Sie kannte jedes Blümchen, jeden Baum und jeden Strauch. Schon wenn die Bäume Saft gewannen, wenn die ersten Spitzen der Schneeglöckchen hervorsahen, begannen ihre Wanderungen durch den Garten. Und wenn die ersten Frühlingsblumen ihre Kelche erschlossen, das erste Grün an den Büschen sich zeigte, wenn die Schwalben ihre Nester bauten und sich die Lerche singend aufwärts schwang, dann wurde es ihr froh und leicht ums Herz.

„Herr Maß", rief sie eines Tages nach oben, als sie ihn im Fenster sah, „kommen Sie doch ein wenig zu mir in den Garten. Sie können ein Sträußchen Schneeglöckchen pflücken."

Eine Minute später war er schon unten und hatte bald ein Sträußchen fertig. Mit den Worten: „Das erste für Sie, Fräulein Julia", überreichte er ihr den Frühlingsgruß.

Nun erschien auch Anna, und zu dritt spazierten sie durch den Garten.

Herr Maß entfernte sich jedoch nach einer Weile, und die beiden Schwestern waren allein.

Julia war heute in gehobener Stimmung. Gerade vor einem Jahr war die Erbschaftssache vor Gericht geregelt worden. „Weißt du noch, Anna, wie ich dann den Wunsch aussprach, du solltest kommen und alles mit mir teilen?"

„Ich weiß es", sagte Anna. „Wie freute ich mich

damals!“ Sie ergriff Julias Arm und fuhr fort: „Lass uns ein wenig auf und ab gehen, ich möchte – doch nein, da ist Wolf, er braucht es nicht zu hören.“ Annas Gesicht hatte schon seit mehreren Tagen nicht mehr den lebensfrischen, frohen Ausdruck, im Gegenteil, es lag ein tiefer Ernst auf ihren Zügen.

Julia hatte sie einige Male prüfend angesehen, als ob sie ihr Inneres erforschen möchte, aber fragen wollte sie nicht, ob etwas sie bedrücke. Sie wusste, dass sie es ihr zur rechten Zeit sagen würde. Vielleicht war ihr Befinden nicht nach Wunsch, der Kopf schmerzte gewiss – nun, da würde die frische Luft gerade recht sein.

„Du solltest sehen, Anna“, fuhr Julia fort, „wie hübsch sich allmählich der Garten entwickeln wird. Wenn erst die Rosen am Haus zu knospen und zu treiben beginnen, wenn eine nach der andern sich erschließt und alles blüht und duftet, dann wirst du dich – aber Kind, was ist dir, hast du Schmerzen?“

„Nein, das nicht, aber ich habe dir etwas zu sagen, was mir seit einiger Zeit auf dem Herzen liegt. Lass uns hinunter zu den Bäumen gehen, ich möchte nicht, dass jemand uns hört.“

In Julia stiegen allerlei Gedanken auf, aber an das zu denken, was sie jetzt hören sollte, lag ihr so fern wie der Nordpol.

Sie hatten den unteren Teil des Gartens erreicht. Julia sah Anna erwartungsvoll an.

„Nun, so rede doch!“

„Ich denke daran, mich zu verloben", kam es kaum hörbar von Annas Lippen.

Wenn der Blitz neben Julia eingeschlagen hätte, so hätte sie nicht erschrockener sein können, als durch diese Worte ihrer Schwester. Sie starrte Anna verständnislos an und rief nur: „Was-was sagst du?"

„Dass ich im Begriff bin, mich zu verloben."

„Ich bitte dich, Anna, mit wem denn?"

„Es ist ein älterer Mann, ein Witwer."

„In deinem Alter willst du noch heiraten, Anna?"

„Ich bin achtunddreißig Jahre. Hast du noch nie gehört, dass Mädchen in diesem Alter auch ein Recht auf Liebe haben?"

Julias Nase wurde immer länger, das Gesicht verlor seinen frischen Ausdruck.

„Lass uns nur hineingehen, Julia. Du redest so laut, dass Wolf schon mit seiner Arbeit innehält und sich nach uns umsieht."

„Wolf weiß, dass jetzt Mittag ist. Ich bitte dich, Anna, beruht alles, was du eben gesagt hast, auf Wahrheit, oder machst du einen Aprilscherz?"

„Zum Scherzen ist die Sache zu ernst, aber bitte, wir wollen jetzt still sein. Wenn ich geahnt hätte, dass dich die Sache so aufregt, würde ich hier draußen geschwiegen haben."

Als sie ins Haus gingen, trat Ika ihnen entgegen mit der Meldung, dass angerichtet sei. Schon hörte man den Studenten die Treppe herunterkommen.

So mussten sie beide schweigen von dem, was sie

tief bewegte, aber weder Anna konnte ihr erregtes Gesicht, noch Julia ihre verstörte Miene verbergen. Herr Maß fühlte, dass etwas zwischen den Schwestern vorgegangen sein müsse, und war durch diese Wahrnehmung ganz bedrückt. Und als Ika die Speisen brachte und Julia sagen hörte, sie habe heute keinen Appetit, schüttelte sie beim Hinausgehen mit dem Kopf und dachte: „Was ist das nur mit die Fräuleins heute, dass sie alle beide nich essen? Sie werden doch keine ansteckende Krankheit bekommen?“

Eine ansteckende Krankheit hatten sie nicht, aber vielleicht etwas Schlimmeres, etwas, das die Herzen zu entfremden drohte. Als das Studentlein sich wohlweislich so bald als möglich aus dem Staube gemacht hatte und Ika außer Hörweite war, wurde das abgebrochene Gespräch weitergeführt, denn es war nicht Annas Sache, nun, da sie einmal entschlossen war zu reden, das Gespräch ruhen zu lassen.

„Julia, du scheinst mein Vorhaben zu missbilligen. Es tut mir gewiss herzlich leid, dich bald verlassen zu müssen. Aber ich habe ernstlich gekämpft, als ich den Antrag erhielt. Ich muss es als Gottes Willen ansehen und darf nicht nein sagen. Wenn ich den Mann hochachte und schätze, wenn ich seinen Kindern die Mutter ersetzen soll –“

„Kinder sind auch da?“, rief Julia. „Wieviel denn?“

„Fünf“, antwortete Anna und fügte halblaut hinzu:

„Eigentlich sechs.“

Das Letztere überhörte Julia. Sie schlug die Hände zusammen: „Fünf Kinder! Und du die Stiefmutter! Du hast dir etwas Schönes eingebrockt."

„So möchte ich es nicht ansehen, sondern als eine große Verantwortung, die mir Gott anvertrauen will."

Anna lehnte sich im Stuhl zurück, während Julia, die ihr gegenübersaß, sich ganz nach vorn beugte, den Kopf zum Boden geneigt, als wollte sie nichts mehr sehen und hören. Plötzlich fragte sie von unten herauf:

„Was ist er denn?"

„Er ist Beamter."

Wieder erfolgte tiefes Schweigen. Endlich erhob sich Julias kleine Gestalt aus dem Stuhl. Sie stellte sich gerade vor Anna hin und sagte: „Du musst es wissen. Ich will dir nichts in den Weg legen." Damit verließ sie das Zimmer.

„Auch das noch", sagte Anna. „Ich glaubte schon, die Kämpfe der letzten Wochen seien genug und nun soll ich über dem allem noch die Liebe meiner einzigen Schwester verlieren!" Wie war nur alles so gekommen?

Sie hatte – es war damals im Herbst gewesen, als sie mit mehreren befreundeten Familien den Ausflug machte – diesen Amtsrichter Böckel kennengelernt. Warum er sich besonders viel mit ihr unterhielt, ahnte sie damals nicht. Sie wusste nicht einmal, dass er Witwer war, und gab sich ganz unbefangen. Er war ein kluger, gebildeter Mann und, was sie besonders anzog, ein Christ in des Wortes wahrster Bedeutung.

In diesem Winter traf sie ihn öfters in der Familie des Amtmanns Weber, bei der er auch im Herbst zu Besuch gewesen war. Inzwischen hatte sie gehört, dass er viel Schweres durchgemacht und durch den Tod seine Frau verloren habe, und auch noch den ältesten Sohn, der ihm viel Kummer gemacht hatte und ausgewandert war.

Sein Antrag traf sie nicht unvorbereitet. Sie lehnte erst ab, aber als er zum zweiten Mal kam, ihr die große Not schilderte, und dass seine Kinder dringend einer Mutter bedürften, die er in ihr gefunden zu haben glaube, da war sie entschlossen, ihr Jawort zu geben. Hatte sie Unrecht getan, dass sie nicht früher mit der Schwester gesprochen hatte? Anna war sonst nicht zurückhaltend, aber war es die Furcht, Julia große Aufregung zu verursachen, war es der Gedanke, undankbar zu erscheinen, kurz, es fehlte ihr der Mut, mit Julia zu sprechen.

Sollte sie, um bei der Schwester gute Tage zu haben, eine große Aufgabe, die Gott ihr geben wollte, von sich weisen?

Die Trennung

Julia saß unterdes regungslos in ihrem kleinen Heiligtum. So nannte sie das Zimmer, in dem sie schlief, in dem sie ihre Andenken und Kostbarkeiten aufbewahrte, in das sie sich zurückzog, wenn es galt, einem Gedanken nachzuhängen, oder wegen einer wichtigen Sache mit sich zu Rate zu gehen. Heute konnte sie zu keiner Klarheit kommen. War dies nicht die Zerstörung ihres Lieblingswunsches? War es nicht immer ihr Ideal gewesen, einmal mit der Schwester zusammenzuleben? Früher hatte dieser Wunsch in unerreichbarer Ferne gestanden und nun, da er erfüllt war, wollte die Schwester in einen Lebensberuf gehen, der nach ihrer Meinung mit zu den schwierigsten gehörte. Nein, es war nicht zu begreifen!

Da öffnete sich leise die Tür. Ehe sie sich's versah, wurde sie von hinten umschlungen und eine bittende Stimme rief:

„Liebe Schwester, bitte nicht so traurig sein!"

„Fräulein Julia, der Müller ist da mit das Mehl", ertönte da Ikas Stimme vor der Tür.

„Immer kommt das Mädchen störend dazwischen", murmelte Julia. Dann rief sie laut durch die Tür: „Du weißt ja, wohin es kommt, nimm es ihm ab, ich bezahle das nächste Mal."

Ika, die viel von der Untugend der Neugierde geerbt hatte, konnte nicht umhin, ein klein wenig durchs Schlüsselloch zu gucken, bevor sie ging. Es war ihr zu verwunderlich, dass Fräulein Julia sich nicht selbst zeigte.

„Sie machen ja solche Gesichter zu sich“, sagte sie sich mit dem Ausdruck der Befriedigung. Es musste etwas Großes, etwas sehr Großes im Gang sein!

Julia, die fast eine Stunde wortlos dagesessen hatte, wurde durch Ikas Ruf gezwungen, den Mund zu öffnen. Es war gewiss gut, denn nun fand sie auch wieder Worte für Anna.

„Tu was du willst, Anna. Du bist mündig und selbständig. Beeinflussen lässt du dich doch nicht.“

„Wenn es gegen meine Überzeugung ist, nein.“

„Ich hätte dir alles vermacht.“

„Das ist in diesem Fall nicht mehr nötig. Mein zukünftiger Mann hat sein gutes Auskommen.“

„Nun, dann sind wir miteinander fertig.“

„Keineswegs, Julia, ich denke, du wirst meinen Kindern eine sehr gute Tante werden.“

„Deinen Kindern! Kennst du sie schon?“

„Noch nicht, aber es wird geschehen, sobald ich Herrn Böckel mein Jawort gegeben habe.“

„Wo wohnt denn dieser – dieser –“

Anna, die fürchtete, einen beleidigenden Ausdruck zu hören, fiel ihr schnell in die Rede und sagte: „Herr Böckel arbeitet am Gericht in Neuenburg.“

„Neuenburg“, rief Julchen, „das ist ja fast eine Tagreise von hier.“

Sie sah wieder schweigend vor sich hin und schien keinen Vernunftsgründen zugänglich. Da streckte Anna ihr die Hand hin und sagte: „Schwesterchen, wir wollen das Gespräch nun ruhen lassen, wollen tun, als sei nichts geschehen. Schon um Ikas und des Studenten willen. Morgen, hoffe ich, wirst du anders über die Sache denken."

War es von ungefähr, dass in der Abendandacht von Ika die dritte Bitte aufgesagt wurde? Diesmal konnte die Herrin das Mädchen nicht ermahnen, aber sich selbst musste sie sagen: „Gottes Wille geschieht immer, aber wir bitten doch auch darum, dass er bei uns geschehe."

Nach Verlauf von acht Tagen war Anna die Verlobte des Herrn Amtsrichters Böckel. Da Julia die ganze Sache sehr schwer nahm, wurde die Verlobung im Haus der befreundeten Familie Weber gefeiert.

Anna stellte den Verlobten noch am gleichen Tag der Schwester vor, in der Hoffnung, der feingebildete, gewandte Mann müsse sich schnell das Herz der Schwester erobern. Aber Julia war bei der Vorstellung steif und ungeschickt. Anna wusste nicht, war es Verlegenheit oder Unmut. Sie fragte dann auch nicht, wie ihr Verlobter der älteren Schwester gefallen habe.

Anna reiste bald darauf einige Tage auf ein Gut in der Nähe ihres künftigen Wohnortes, um die Kinder, die augenblicklich dort weilten, kennen zu lernen. Auch wünschte Annas Verlobter, dass die Hochzeit so bald wie möglich stattfinden möge. Das gab leider wieder Anlass zu Verstimmungen. „So bald schon?", seufzte Julia.

„Die Kinder bedürfen einer leitenden Hand. Der Vater kann sich nicht genügend um sie kümmern, und ich habe nun einmal die Verpflichtung übernommen –"

„Ja, gewiss, ich sehe es ja ein", erwiderte Julia ergeben. „Aber nun die Aussteuer, wie wird es jetzt damit?"

Anna erschrak. Daran hatte sie noch gar nicht gedacht. „Die Aussteuer", meinte sie, „nun, es ist ja ein völlig eingerichtetes Haus da –"

Julia, die in solchen Sachen praktischer und erfahrener war als Anna, belehrte die Schwester, dass die Sachen der verstorbenen Frau den Kindern gehörten.

Anna wünschte jetzt, ihre Ersparnisse nicht weggegeben zu haben, wie gut hätte sie sie gebrauchen können!

Julia konnte nicht umhin, noch einmal zu bemerken, dass sie sich wundere, dass sie in den vielen Jahren nichts gespart habe. Und als Anna beharrlich schwieg, fügte Julia hinzu, dass die Schwester es wohl nicht verstanden habe, mit Geld umzugehen. „Doch", schloss sie gutmütig, „ich gebe dir, was du brauchst, du sollst nicht wie eine Bettlerin aus meinem Haus gehen."

Anna wurde dunkelrot. Sie erwiderte nichts, aber

es wurde ihr unsäglich schwer, dies alles von der Schwester annehmen zu müssen.

Die gute Julia war mit sich und der Welt unzufrieden. Innerlich musste sie sich zugestehen, dass der Verlobte ihrer Schwester seinem Wesen und seiner Persönlichkeit nach ihren Beifall fand, aber sie konnte sich nicht überwinden, dies der Schwester zu sagen.

An dem Abend, da die Sache mit der Aussteuer zur Sprache kam, musste Anna viel an den Sohn ihrer Freundin denken. Jetzt, nach kaum zwei Jahren, konnte er ja nicht an Rückzahlung des Kapitals denken, und dass er nichts von sich hatte hören lassen, befremdete sie auch nicht zu sehr. Es war ihr klar, dass sie damals nicht anders hatte handeln können. Ihr Versprechen, zu niemand von der Sache zu reden, musste sie halten, obwohl es schmerzte, von Julia so verkannt zu werden.

Wie schön wäre es gewesen, wenn die beiden Schwestern die letzten Wochen in herzlicher Liebe und Eintracht verbracht hätten! Aber statt dessen kamen immer wieder kleine Reibereien vor, obwohl sie sich beide jeden Tag aufs Neue vornahmen, jeden Anlass zu vermeiden.

Anna führte in dieser Zeit einen regen Briefwechsel mit ihrem Verlobten. Ihm vertraute sie auch den Schmerz über das veränderte Wesen der Schwester an. Er verstand und tröstete sie. Er verstand aber auch die Schwester. Wenn sie verheiratet seien, müsse

Tante Julia bald zu Besuch kommen und seine Kinder kennen lernen, dann würde alles schnell anders werden.

Herr Maß begriff voll und ganz Fräulein Julias Trauer über das Fortgehen der Schwester, und war seitdem gegen seine Gönnerin voll zarter Aufmerksamkeiten.

Ika dagegen musste oft einen Verweis bekommen, wenn sie naive, unpassende Bemerkungen anbrachte.

Im Juni, gerade als die Rosen in schönster Blüte standen, verließ Anna das Haus ihrer Schwester.

Die Hochzeit hatte im engsten Kreis stattgefunden, außer der Familie Weber waren nur der Pfarrer mit seiner Frau zugegen gewesen. Julia hatte es an nichts fehlen lassen, und doch merkte jeder, dass nicht alles war, wie es sein sollte. Sie sah immer noch in dem Schwager den Räuber ihrer Schwester. Da sie eine ganz aufrichtige Natur war, blieb ihr Benehmen gegen ihn steif und zurückhaltend.

Und doch beobachtete sie mit innerer Befriedigung das stattliche Paar. Anna sah an dem Tag besonders hübsch aus, und der Schwager in seiner männlichen Würde mit dem feinen, geistvollen Gesicht und den großen Augen, die etwas Vertrauenerweckendes hatten – man konnte sich denken, dass Anna glücklich an seiner Seite sein würde. Julia fühlte, dass sie ihm zum Abschied etwas Gutes sagen musste: „Gott behüte Sie! Seien Sie gut gegen meine Schwester; ich vergebe Ihnen, dass Sie sie mir genommen haben!“

Julie hatte sich nicht entschließen können, dem Schwager das vertrauliche Du anzubieten.

* * *

Nun war das Rosenhaus leer. Nach draußen sah es aus nach lauter Freude und Wonne, und drinnen war es öde und leer.

Da erschien abends noch Charlotte. „Nun sitzest du hier. Warum grämst du dich so, Julia?“, begrüßte sie die Freundin. „Nimm mir's nicht übel, aber ich hätte dich für vernünftiger gehalten. Sei doch froh, dass es eine alte Jungfer weniger geben wird in der Welt. Es gibt ohnehin schon genug davon. Freue dich doch, welch ein schönes Los deine liebenswürdige Schwester gezogen hat, wir alle gönnen es ihr.“

„ Fünf Stiefkinder!“, hauchte Julia.

„Die eine prächtige Mutter bekommen. Ich hätte dich nicht für so selbstsüchtig gehalten.“

„Selbstsüchtig?“ Es war, als ging Julia ein Licht über sich selber auf. War es Selbstsucht gewesen, die alle die bitteren Gefühle in ihr erzeugt hatte?

Die Freundin fasste Julia unter den Arm. „Jetzt komm mit mir in deinen schönen Garten, es ist ein köstlicher Sommerabend, komm, sei vernünftig.“

Charlotte meinte es in ihrer etwas derben Art ehrlich; ihr kräftiger Zuspruch tat Julia wohl. Als sie gegangen war, und Julia Herrn Maß am Flügel vorfand, der bescheiden fragte, ob er ihr etwas vorspielen dürfe, da merkte sie, dass sie nicht ganz verlassen war. Es gab noch Menschen, die gewillt waren, sie in ihrer Einsamkeit zu trösten. Nachdem der junge Mann allerlei Melodien gespielt hatte, setzte er ein zu einem Lob- und Danklied, denn das, meinte er, gehörte zum heutigen Tage.

Es verfehlte seine Wirkung nicht. Julia drückte ihm am Schluss dankbar und gerührt die Hand.

„Sie müssen nun mein Trost sein, lieber Herr Maß, es ist gut, dass Sie mir noch bleiben."

So endete Annas Hochzeitstag.

Der Schwager

Auf Julia hatten Charlottes Worte großen Eindruck gemacht. Ja, sie hatte Recht, die Selbstsucht hatte sie in der letzten Zeit beherrscht. Wie schwer hatte sie es der lieben Schwester gemacht! Nun, da sie getrennt waren, erwachte die Liebe in doppeltem Maß; sie hätte hineilen mögen und ihre Anna um Verzeihung bitten wegen vieler kränkender Worte und mancher Sticheleien. Oh, sie hatte sich selbst nicht mehr gekannt!

Sie suchte in der Arbeit Ablenkung, sie besuchte all ihre Bekannten. Wenn sie sie dann bemitleideten, dass sie wieder so allein sei, glaubte sie wieder, sie sei im Recht gewesen. Kam sie aber nach Hause, wo sie alles an die Schwester erinnerte, so war es zugleich eine Erinnerung an alles, was sie getan und gesprochen hatte, und die quälenden Gedanken kamen wieder.

Und auch der nun folgende Briefwechsel brachte nicht das, was die Herzen wieder ganz hätte zusammenschließen können. Anna hatte zu deutlich gemerkt, dass Julia sich weder für ihren Mann noch für seine und jetzt auch ihre Kinder interessierte. So wagte sie nicht, viel von diesen Menschen, die nun ihr ganzes Leben in Anspruch nahmen und ihr Glück ausmachten, zu erzählen. Doch waren die Briefe voll Dankbarkeit für alles, was die Schwester für sie getan und geleistet hatte. Julia empfand den Mangel an persönlichen Mitteilungen und war traurig darüber, doch konnte sie sich noch immer nicht entschließen, darum zu bitten. So war das Miteinanderfortleben abgerissen; es lag ein gewisses Etwas dazwischen, was das alte, unbefangene und rückhaltlose Vertrauen nicht aufkommen ließ.

Der Herbst kam mit seinem reichen Segen. Die Obsternte brachte viel Arbeit mit sich und der Student half, wenn es seine Zeit erlaubte. Ja, er brachte sogar einmal einige Freunde mit, da schlechtes Wetter im Anzug war und der alte Gärtner jammerte, dass noch so viel Obst auf den Bäumen sei. Das war ein fröhlicher Nachmittag gewesen, und als Julia dann die ganze Schar zum Abendbrot einlud und Ika bei lustig prasselndem Feuer Eierkuchen buk und Julia einmal wieder in mütterlicher Fürsorge wirken konnte, da tauchte ein Gedanke in ihr auf, den sie den jungen Herren beim Abendessen auch gleich mitteilte. Sie schlug ihnen vor, einen Tag in der Woche zu Mittag bei ihr zu essen, was mit großem Jubel aufgenommen wurde.

Nach diesem Abend trug Julia sich einige Tage mit dem Gedanken, das ganze obere Stockwerk für unbemittelte Studenten einzurichten, doch bei näherer Überlegung wurde dieser Plan verworfen. Sie empfand jetzt mitunter, dass die Erbschaft eines Hauses mit dem großen Garten und unter Bedingungen, wie es hier der Fall war, oft mehr Last als

Freude sein konnte. Da beschloss sie, sich einmal im Pfarrhaus Rat zu holen.

Eines Tages, sie kam gerade von Ikas Großmutter, lenkte sie ihre Schritte nach dem Pfarrhaus. Sie dachte an die Kranke, die in inniger Gemeinschaft mit dem Herrn lebte. Es war eine herzerhebende Stunde gewesen. Wie gering dünkte Julia jetzt alles Irdische, doppelt schmerzlich empfand sie, dass leider nicht alles so war, wie es sein sollte.

In dieser Stimmung betrat sie das Pfarrhaus, aber sie traf nur den Hausherrn an, der sich schon bald nach der verheirateten Schwester erkundigte. Da lief Julia das Herz über. Sie sprach sich endlich einmal über alles aus, was sie so lange bedrückt und gequält hatte, beschönigte in keiner Weise ihr Tun, sondern gab zu, dass sie in selbstsüchtiger Weise beinahe das Glück der Schwester zerstört habe.

„Als Anna zu mir ins Haus kam“, sagte sie, „kannten wir uns zu wenig. Wir hatten uns aber lieb, obwohl wir sehr verschiedene Naturen sind. Bald sorgte ich, dass sie mehr der Welt angehörte, wie –“

„Ihre Anna?“, unterbrach der Pfarrer sie. „Hielten Sie das für möglich?“

„Eine Zeitlang fürchtete ich es. Sie ging viel aus, liebte die Geselligkeit, kurz, ich meinte – ich dachte –“

„Ihre Schwester ist alles andere, mein liebes Fräulein. Sie ist ein Charakter, ein geistig bedeutendes Mädchen. Sie meinen, weil sie Geselligkeit liebte, weil sie für alles Edle und Gute begeistert war! Das, Fräulein Julia, soll ein Christ getrost tun! Sie war auch in Vereinen tätig. Wo etwas Großes geschaffen werden soll, muss man sich zusammenschließen, da ist eine Kraft wie Ihre liebe Schwester viel wert. Die Menschen sind eben verschieden veranlagt. Einem ist es mehr gegeben, in der Stille zu wirken, wie Ihnen." Hier machte Julia, die gespannt zuhörte, eine abwehrende Bewegung. „Einem andern ist es Bedürfnis, sich mehr am öffentlichen Leben zu beteiligen. Welche Kraft ist der Vorsteherin der Schule an Ihrer Schwester verloren gegangen! Mit welchem Eifer hat sich Ihre liebe Schwester an dem jetzt bestehenden Kampf um den Religionsunterricht in den Schulen beteiligt! Gott gebe uns viele solche Lehrer und Lehrerinnen!"

Julia war ganz ergriffen von der Rede des Pfarrers, „Ich ahnte ja gar nicht, dass Sie meine Schwester so genau gekannt haben."

„Ich habe stets geglaubt, dass Sie sie ebenso gekannt und geschätzt haben. Erst in der letzten Zeit munkelte man allerlei von Missstimmungen, die zwischen Ihnen vorgekommen sein sollen. Ich gebe nichts auf das Gerede der Leute, nun aber, da Sie es mir selbst geklagt haben, muss ich meine Freundin verteidigen. Aber Sie, mein liebes Fräulein Julia, bleiben deshalb für mich doch, was Sie sind. Wie ich schon sagte, wir Menschen sind verschieden, auch der Beruf, den der Herr den Menschen zuteilt, ist gar verschiedener Art. Es kommt bei allem auf die Treue an. Einer wirkt im Großen, der andere im Kleinen. Gott aber sieht nach dem Glauben, nicht nach den Werken. Wer nimmt sich meiner Armen an, wer sorgt für meine Kranken, die nicht in Heimen untergebracht werden können, wer geht zu den Traurigen und Bekümmerten und tröstet sie? Das sind Sie! Wer endlich sorgt für meinen armen Studenten, der immer des Lobes voll ist für seine Wohltäterin?"

Julia wehrte energisch ab. Sie habe sich nie so arm und leer wie gerade jetzt gefühlt; sie wolle kein Lob hören, sondern habe sich auf Schelte gefasst gemacht.

Der Pfarrer lächelte. „Nun, wenn es so ist, gehen Sie und schreiben Sie Ihrer lieben Schwester einen herzlichen Brief und lassen Sie sich von Mann und Kindern erzählen, es fällt gewiss auf guten Boden."

Sie redeten noch lange zusammen. Es gab so vieles, in das Julia sich schwer hineinfinden konnte. Der Pfarrer suchte Altes und Neues zu vergleichen, er zeigte, wie beides seine Licht- und Schattenseiten habe, und dass man aus beidem das Gute herausfinden müsse. „Allein", fuhr er fort, „wo es sich um unser Evangelium, um Gottes Wort oder die Bibel handelt, da halten wir am Alten fest und lassen es uns nicht nehmen."

Julia eilte herzlich getröstet heim und mit dem festen Entschluss, in diesen Tagen einen ausführlichen Brief an Anna zu schreiben. Sie wollte darin ihr Herz befreien von allem, was sie bedrückte und quälte; sie wollte der jüngeren Schwester gegenüber ihr Unrecht eingestehen, mit Interesse nach Mann und Kindern fragen und die herzliche Bitte aussprechen, ihr künftig in gleicher Weise zu antworten.

Der Brief wurde sofort noch geschrieben. „Ich denke, sie wird sich freuen“, sagte Julia, als sie ihn beendet hatte. Ika musste ihn noch am späten Abend in den Briefkasten werfen, und Julia legte sich mit dem befriedigenden Gefühl zur Ruhe, endlich wieder einmal richtig gehandelt zu haben.

Ehe sie aber die Antwort der Schwester in Händen hatte, ereignete sich etwas Unerwartetes.

Der nächste Tag war ein rauher, kalter Herbsttag. Ika hatte schon heizen müssen. Julia aber stand hinten im Garten und sprach mit Wolf über das Fällen einiger alter Bäume. Da erschien Ika auf der Bildfläche und winkte mit beiden Händen.

Julia rief, sie komme gleich. Ihre Stimme verhallte im Wind, und Ika, die nichts gehört hatte, zog ihr buntes Taschentuch heraus und schwenkte damit unaufhörlich.

„Das dumme Mädchen, was hat es nun wieder“, sagte Julia ärgerlich und ging nun eilig dem Haus zu.

„Was hast du nur, Ika, warum kommst du nicht, wie sich's gehört, zu deiner Herrin und sagst, um was es sich handelt.“

„O Fräulein Julia, drin ist Besuch.“

Julia zog ihr Taschenkämmchen und glättete die vom Wind zerzausten Haare.

„Wer ist es denn?"

„Ganz feiner Besuch. Gehen Sie nur hinein."

Dabei machte sie ein so pfiffiges Gesicht, dass Julia ungeduldig fragte: „Kennst du den Besuch?"

Ika nickte und verschwand durch die Küchentür.

Julia war wirklich böse auf das Mädchen. Sie hatte schon alles versucht, ihr Manieren beizubringen, und immer wieder fiel sie in die alten Fehler. Diesmal sollte sie tüchtige Schelte bekommen. Doch zum Nachdenken war keine Zeit, der Besuch hatte schon zu lange warten müssen.

Julia öffnete die Tür. Da wandte sich ein großer, schlanker Herr um, und Julia erblickte – Annas Mann, Amtsrichter Böckel!

Ein Ausruf des Erstaunens kam von ihren Lippen. Herr Böckel aber eilte herzlich auf sie zu, streckte ihr beide Hände entgegen und sagte: „Ich bin ein sehr unwillkommener Gast, liebe Schwägerin."

„Aber nein, Herr Böckel, durchaus nicht. Bitte, nehmen Sie Platz", sagte Julia in großer Verlegenheit.

„Da ich eine Dienstreise zu machen hatte, die mich ganz in die Nähe dieser Stadt brachte, konnte ich es mir nicht versagen, bei Ihnen vorzusprechen, um Ihnen Grüße von meiner Frau zu bringen."

„Es freut mich – es freut mich gar sehr, dass Sie kommen, lieber – Schwager."

„Nun, ich wusste es ja gleich", sagte er mit schelmischem Lachen, „dass Sie nicht böse sind."

„Wie ich mitunter aussehe."

„Allerdings, ich habe oft bitterböse Gesichter bekommen. Aber darum keine Feindschaft, liebe Schwägerin. Ich wollte nur herzlich bitten, mir und meinen Kindern ein Plätzchen in Ihrem Herzen einzuräumen und nicht länger zu zürnen, dass wir Ihnen die Schwester geraubt haben. Nicht wahr? Sie zürnen nicht mehr?"

„Nein und nein. Ein langer Brief von mir ist unterwegs. Er sagt Anna alles. Jetzt wird sie ihn haben. Welch ein Zusammentreffen!"

Der Schwager erzählte nun, wie es seine Anna immer bedrückt habe, dass der Friede zwischen ihnen noch nicht völlig hergestellt sei. Da habe er gedacht, er wolle der Sache ein Ende machen und sich selbst mit der Schwester verständigen.

„So leicht habe ich mir die Geschichte nicht vorgestellt", meinte er lächelnd, „denn ein bisschen habe ich mich doch vor Ihnen gefürchtet."

„Vor mir?", rief Julia erschrocken. „Vielleicht nur vor meiner großen Nase."

Der Amtsrichter schwieg. Er dachte aber, wenn die Schwägerin freundlich aussehe, dass dann die Nase gar nicht so groß sei, wie sie ihm anfangs erschienen war.

„Nun, liebes Fräulein Julia."

„Bitte, nicht Fräulein, wir sind doch Verwandte."

„Also noch eine Bitte, – Julia. Sie müssen –“

„Auch nicht mehr Sie. Wir wollen nun heute ganze Freundschaft schließen.“

„Gut, also noch eine Bitte, liebe Julia. Sie, oder vielmehr du musst endlich unsere Häuslichkeit und unsere Kinder kennen lernen. Willst du nicht das Weihnachtsfest in unserer Familie verleben?“

„Ich kann aber mein Haus nicht verlassen.“

„Doch, es wird zugeschlossen. Oder gibt es nicht da ein altes Faktotum, das hier schlafen könnte?“

„Wolf, der Gärtner, das ginge schon“, meinte Julia, in der plötzlich eine große Reiselust erwachte. „Wenn ihr mich alte Person haben mögt, so komme ich gern.“

„Abgemacht“, rief der Amtsrichter. „Das wird das schönste Geschenk sein, das ich meiner Frau von der Reise mitbringe. Also Tante Julia ist zu Weihnachten unser Gast.“

Damit erhob er sich, aber Julia wehrte mit den Worten: „Noch nicht gehen. Ohne Essen lasse ich dich nicht fort.“

„Es tut mir herzlich leid, ablehnen zu müssen, aber ich habe nur kurzen Aufenthalt. In den Weihnachtsferien wollen wir uns gründlich kennen lernen, und alle, will's Gott, recht vergnügt miteinander sein.“

„Ja, das gebe Gott“, fügte Julia herzlich hinzu.

„Und nun, liebe Schwägerin, ewige Freundschaft für mich und meine Kinder.“

Julia schlug in die dargebotene Rechte und sagte:

„Ich will euch alle von nun an herzlich lieb haben."

Es war Julia, als möchte sie alle Welt umarmen, so glücklich, so frei fühlte sie sich. Sie vergaß die Schelte, die sie Ika zugedacht hatte, und als diese am Abend die fünfte Bitte aufsagte, da traten unwillkürlich Tränen in Julias Augen.

Herrn Maß bat sie, ihr doch das Lied: „Lobe den Herrn, den mächtigen König der Ehren" zu spielen. Ihr Herz war voll Lob, Dank und Preis zu Gott, der ihr den Sieg über ihr törichtes Herz geschenkt hatte.

Jesaja 55, 8

„Warum sagtest du mir nicht, wer gekommen war, Ika“, fragte Julia am folgenden Tag das Mädchen, „du kanntest doch den Herrn Amtsrichter?“

„Ich – ich – wollte – ich wollte Ihnen überraschen!“

„Ja, es war eine große Überraschung für mich, aber ein andermal meldest du mir den Besuch, wie es sich gehört.“

Damit war die Sache abgetan, und Julia ging zum ersten Mal wieder leichten und fröhlichen Herzens an die Erledigung ihrer Pflichten. Besonders lag es ihr am Herzen, ihrer Freundin Charlotte den Besuch des Schwagers mitzuteilen.

„Siehst du, nun ist wieder blauer Himmel über dem Rosenhaus, die düsteren Wolken haben sich verzogen und was das Beste ist, du bist wieder unser altes Julchen“, ließ sich die Freundin vernehmen. „Wir wollen auch dafür sorgen, dass dir der Winter nicht zu lang wird, deine übrigen Bekannten und ich haben schon beschlossen, dich nicht allzu viel allein zu lassen.“

Ein lieber Brief von Anna, der an Länge seinesgleichen suchte, war schon bald eingetroffen. Julia trug ihn immer bei sich. Diesem Briefe folgten viele andere. So erfuhren die Schwestern mehr voneinander, als dies beim täglichen Zusammenleben der Fall gewesen war.

Das Weihnachtsfest rückte immer näher heran, und Julia bereitete alles vor, um das Fest bei den Geschwistern zu verleben. Ika sollte während der Zeit nach Hause gehen. Die Großmutter hatte der Zeit Leiden überwunden und war eingegangen in das Reich der Herrlichkeit. Ihr Tod hatte sichtlichen Eindruck auf Ika gemacht; sie war stiller und bescheidener geworden und treuer in ihren Pflichten. Aber sonst haftete die Trauer nicht lange, die Aussicht auf das Fest, der Anblick der reichgeschmückten Läden, die Ferien bei der Mutter, alles dies hatte zur Folge, dass Ika schon bald wieder ein fröhliches Gesicht zeigte und das Fräulein nur zu gern begleitete, wenn es in die Stadt ging, um für Anna und ihre Familie Einkäufe zu machen. Julia hatte sich das Alter der Kinder schreiben lassen und suchte für jedes etwas Passendes aus. Die Freude, sie bald alle kennen zu lernen, verklärte geradezu ihr Wesen.

Kurz vor dem Fest fühlte sich Julia plötzlich so unwohl, dass Ika den Arzt holen musste. Dieser stellte eine schwere Grippe fest, und an Reisen war gar nicht zu denken.

Ika sah ziemlich trübe drein im Blick auf die nahen Festtage, die sich nun so traurig gestalten würden. Ihre Mutter wurde gebeten, während der Feiertage ganz ins Rosenhaus zu ziehen, und beide, Mutter und Tochter, wurden so reich beschenkt, dass sie voll Dank und Freude waren. Charlotte erledigte dies mit der ihr eigenen Gabe, sie leistete der

Freundin Gesellschaft, sah überall nach dem Rechten und machte sich unentbehrlich.

So kam das neue Jahr heran; Julia war zwar fieberfrei, aber ein hartnäckiger Husten machte ihr viel Beschwerden. Groß war aller Freude, als Julia zum ersten Mal wieder aufstehen und in der kleinen Stube im Lehnstuhl sitzen durfte.

Auch Herr Maß war inzwischen wieder eingerückt und kam mit fröhlichem Gesicht, um Fräulein Julia seine Neujahrswünsche zu überbringen.

Er musste sich setzen und von daheim erzählen. Als er von der Mutter sprach, und dass sie im Dorf so einsam wohne und oft Heimweh nach dem Sohn habe, durchfuhr es Julia plötzlich: „Sollte das nicht etwas sein, was Gott dir vor die Tür legt? Wie, wenn sie Frau Maß ins Haus nähme?“

Sie sagte dem Sohn nicht gleich davon, aber in der Nacht spann sie den Gedanken weiter aus, und als Herr Maß ihr am folgenden Tage wieder einen Besuch machte, konnte sie es nicht lassen, ihm von ihrem Vorhaben zu erzählen.

Der junge Mann strahlte vor Freude. Es sei die Erfüllung seines größten Wunsches; er habe oft schon gedacht, wenn doch seine Mutter eines von den vielen Zimmern oben bekommen könnte.

Julia bat, er möge noch nichts davon nach Hause schreiben, sie wollte erst, wenn sie ganz genesen sei, die Sache reiflich in Erwägung ziehen. Vielleicht ließe es sich zum Sommer machen.

* * *

Eines Morgens erschien Herr Maß ganz verstört in der Küche, das Zeitungsblatt in der Hand.

„Ika“, sagte er zu dem Mädchen, die eben den Kaffee zu ihrer Herrin hineintragen wollte, „wie geht es Fräulein Golf heute?“

„Sie hat nicht gut geschlafen, und viel husten müssen, sie will bis Mittag im Bett bleiben.“

„Sie dürfen ihr heute die Zeitung nicht bringen; wir müssen sie unter irgendeinem Vorwand hier behalten, wenigstens dies Blatt, es ist ein Unglück geschehen, das sie sehr angeht.“ Dabei zeigte er auf einen Namen und berichtete, dass zwei Eisenbahnzüge zusammengestoßen seien, dass es viele Verletzte und zwei Tote gegeben habe.

Ika las den Namen: „Amtsrichter Böckel“ und schrie laut auf. Beinahe hätte sie das Kaffeebrett zur Erde fallen lassen, wenn nicht Herr Maß zugegriffen und es auf den nächsten Tisch gesetzt hätte.

„Lassen Sie sich um alles in der Welt nichts anmerken, es könnte Fräulein Julias Tod sein.“

Ika musste sich setzen, so sehr war ihr der Schreck in die Glieder gefahren. Sie schlug die Hände zusammen und rief jammernd aus: „O nein, o nein, der gute Herr Amtsrichter, der immer so freundlich war, auch zu mir, was hat er mich für schöne Trinkgelder gegeben! Die arme Frau Amtsrichter, mit all die Kinder“, schluchzte Ika.

Ein Schellen ließ sie von ihrem Sitz auffahren.

„So, nun muss ich hinein. Ich kann nicht." Wieder sank sie auf den Stuhl.

„Sie müssen, Ika. Nehmen Sie sich zusammen." Da klingelt es wieder. „Ika, schnell, der Kaffee wird kalt und Fräulein Julia wird schelten."

Ika nahm das Kaffeebrett hoch. Es war gut, dass immer die Läden geschlossen waren, sonst hätte Julia an dem Aussehen des Mädchens etwas merken müssen. So rügte sie nur, dass der Kaffee schon kalt sei. Ika solle dann eine zweite, heißere Tasse bringen, sonst aber auf Ruhe halten, sie wolle versuchen, noch etwas zu schlafen.

Herr Maß wartete unten und sah mit bekümmerter Miene zum Fenster hinaus. Der Briefträger musste gleich kommen, er würde wohl eine Nachricht aus Neuenburg bringen.

Da ging die Pforte auf, ein Telegrafenbote erschien. Herr Maß eilte ihm entgegen und nahm das Telegramm in Empfang.

Sollte er es öffnen? Durfte er es in diesem Fall? Gab es in der Stadt nicht Leute, die Fräulein Julia näher standen? Da fiel ihm Fräulein Charlotte ein, die während Julias Krankheit täglich gekommen war. Zu ihr wollte er gehen, sie würde die geeignetste Person sein.

Nachdem er Ika gesagt hatte, niemand während seiner Abwesenheit zu der Kranken zu lassen, eilte er zu deren Freundin.

Diese kam ihm schon bestürzt entgegen. „Herr Maß, was sagen Sie dazu? Haben Sie es gelesen? Unsere arme Julia, weiß sie es schon?"

Herr Maß berichtete, was er veranlasst hatte und überreichte ihr das Telegramm mit der Bitte, es zu öffnen und dann womöglich gleich mitzukommen.

„Natürlich muss es geöffnet werden", rief sie und riss es auf: „Komm zu deiner armen Schwester, wenn du kannst", las sie.

„Es ist unmöglich, dass sie reisen kann! Doch, warten Sie einen Augenblick, Herr Maß, ich begleite Sie sofort."

Ika erwartete sie bereits an der Haustür.

„Fräulein Julia schläft noch, sie schläft ganz fest. Sie hat es nicht einmal gehört, dass ich bei ihr war."

„Um so besser", sagte Charlotte bewegt. „Ich setze mich in das Zimmer nebenan, und sobald ich etwas von ihr höre, gehe ich hinein, wissen muss sie es auf jeden Fall."

Nach einer Stunde etwa wurde eine Tür geöffnet und Ika gerufen. „Fräulein Julia ist im Bild. Laufen Sie schnell zu Dr. Ernst, er möchte gleich kommen."

Ika eilte, so schnell sie ihre Füße tragen konnten.

„Sie will durchaus reisen und kann doch nicht", klagte Charlotte, als das Mädchen zurückkam.

„Der Doktor sagte auch: ‚Reisen darf sie jetzt auf gar keinen Fall!' Er wird gleich da sein", fügte sie hinzu. „Darf ich denn einmal hinein zu Fräulein Julia?"

„Gewiss, sie verlangte schon nach Ihnen, Sie sollen ihr beim Aufstehen behilflich sein."

Da saß Julia schon, halb angekleidet. Ika bekundete ihre Teilnahme durch lautes Schluchzen. Als sie näher kam, streichelte sie Fräulein Julia beide Wangen und sagte: „Sie armes Fräulein, dass Sie nun so etwas erleben müssen, das ist doch ein zu schreckliches Unglück."

„Zu traurig", weinte Julia leise. Doch ihre alte Tatkraft war wieder erwacht. Nur hin, so schnell als möglich, das war der alles beherrschende Gedanke. Sie ließ sich heute, was sie sonst nie tat, das Haar von Ika ordnen, und beeilte sich fertig zu werden. Sie wollte dem Arzt möglich frisch vor die Augen treten.

Der ließ sich keinen Sand in die Augen streuen. „Sie auf, Fräulein Julia? Das ist aber unrecht. Sie haben die ganze Nacht gehustet."

„Woher wissen Sie das?"

„Ärzte wissen alles. Sie hätten im Bett bleiben müssen, um so früher hätte ich Sie reisen lassen."

Dr. Ernst sah wohl ein, dass Julia der Schwester zur Seite zu stehen wünschte, er sagte ihr aber auch, dass sie der Schwester Sorgen nur vermehren würde, wenn sie jetzt, halb genesen, dort ankäme und dort bestimmt einen Rückfall bekommen würde. Sie solle seinen Vorschriften folgen, dann dürfte sie vielleicht in einigen Tagen reisen. Er übernahm es, auch ein Telegramm an die Schwester zu schicken, und Julia musste sich, so schwer es ihr wurde, fügen.

An diesem Tag kam viel Besuch. Charlotte war im Vorzimmer, um die Bekannten mit der Entschuldigung zu empfangen, dass Fräulein Golf nicht in der Lage sei, irgend jemand zu sehen.

Der Husten war wunderbarerweise fast ganz verschwunden, so dass Dr. Ernst am folgenden Tag erstaunt ausrief: „Nun, wenn die Besserung so schnell vor sich geht und das Wetter sich hält, können Sie übermorgen reisen."

Julia wusste, dass sie sich auf Wolf und Ika verlassen konnte. So rüstete sich die Besitzerin des Rosenhauses zu der schweren Reise.

Ika bewährte sich als gute Hilfe. Sie war umsichtig und rasch und sorgte rührend für ihr Fräulein. Es ging Julia besser, als man nach der schweren Erkrankung hätte erwarten sollen. War es die große innere Gemütsbewegung, die die Krankheit plötzlich hatte zurücktreten lassen?

Eine sechsstündige Fahrt lag vor Julia, die der Schwester mit Absicht den genauen Tag der Ankunft verheimlicht hatte.

Um fünf Uhr nachmittags kam sie an. Jetzt war sie in der Lindenstraße. Die Laternen wurden eben angezündet und ließen sie unschwer das Haus erkennen, Nummer 14. Zwei Fenster im ersten Stock waren erleuchtet. Also hier hat das Glück begonnen und einen so jähen Abschluss gefunden. Beklommen zog sie die Klingel. Ein Mädchen in schwarzer Kleidung öffnete.

„Kann ich Frau Amtsrichter Böckel sprechen?"

Das Mädchen, das wohl merken mochte, dass die Schwester vor ihr stand, erwiderte: „Frau Amtsrichter hatte einen dringenden Gang zu machen, aber die Kinder sind da."

Das Mädchen öffnete die Tür.

Julia sah in ein behaglich eingerichtetes, größeres Zimmer. Die Vorhänge waren heruntergelassen, in der Mitte stand ein großer Arbeits- oder Esstisch. Darüber brannte eine Hängelampe und um den Tisch herum saßen arbeitende Kinder.

Ein größeres Mädchen erhob sich sofort, kam auf Julia zu und fragte mit leiser Stimme: „Sind Sie vielleicht die Tante Julia, die Schwester unserer Mutter?"

Julia, die beim Anblick der verwaisten Kinder tief bewegt war, konnte nicht antworten. Sie nickte nur.

„Bitte setzen Sie sich doch, die Mutter wird gleich kommen", sagte das junge, etwa fünfzehnjährige Mädchen weich, und führte Julia auf das in der Nähe stehende Sofa, von wo aus sie den Blick auf die ganze Kinderschar hatte. Die Kinder aber, als sie etwas von einer Tante Julia hörten, kamen zutraulich näher, reichten ihr alle nacheinander die Hand, und die kleine Sechsjährige sagte:

„Bist du die Tante Julia, die mir das schöne Bilderbuch geschenkt hat?"

„Ja, du herziges Kind, ich bin deine Tante Julia. So sollt ihr mich alle nennen, hört ihr." Dabei zog sie die Kinder der Reihe nach an sich und küsste sie. Dann nahm sie die Kleine auf den Schoß.

Die Älteste, ein außerordentlich liebliches Mädchen, nahm die Kleine wieder herunter mit den Worten: „Erst muss die Tante ihre Sachen ablegen." Dienstfertig nahm sie Julia Hut und Mantel ab. „So, nun tommt Dretchen wieder auf Tante Julias Schoß", sagte das Nesthäkchen und schlang seine Arme voll Vertrauen um die neue Tante.

Es wurde Julia ganz eigen zumute, als sie die weichen, runden Kinderarme um den Hals fühlte. Ein ganz neues, nie gekanntes Gefühl durchströmte sie. Es war, als erhielte sie in diesen Kindern ein großes, unbezahlbares Geschenk.

„Ihr müsst mir eure Namen nennen, nein, die hat Mutter mir schon geschrieben, will sehen, ob ich sie mir gemerkt habe. Also du bist Hanna, die Älteste?"

„Noch ein älterer Bruder ist da", erwiderte Hanna schüchtern, „wir wissen aber nichts von ihm."

Julia sah Hanna einen Augenblick befremdet an, ging aber auf diese Äußerung nicht näher ein, denn sie sah das andere junge Mädchen an: „Dies ist gewiss Erika? Wie alt doch?"

„Erika ist vierzehn Jahre und Karl zwölf. Dann kommt Ludwig, sieben Jahre alt und zum Schluss unser Gretchen hier. Zwischen Karl und Ludwig sind zwei Jungen gewesen, die sind früh gestorben“, fügte Hanna erläuternd hinzu.

„Und euer Vater ist nun auch von euch gegangen.“

„Ja“, rief das kleine Gretchen, „den hat der liebe Heiland unterwegs, als er mit der Eisenbahn fuhr, derufen, nun ist er auch weg, denau wie unsere erste Mutter.“

„Wie gut“, unterbrach der kleine Ludwig sie, „dass wir nun gerade wieder eine Mutter bekommen haben, sonst wären wir nun ganz allein. Aber sie ist gut, du!“, setzte er treuherzig hinzu.

Da tat sich die Tür auf. Julia erhob sich schnell, Anna kam mit ausgebreiteten Armen auf sie zu. Sie konnten beide nicht sprechen vor Bewegung.

Das Mädchen hatte im anderen Zimmer die Lampe angezündet, da hinein zog Anna die geliebte Schwester.

Die beiden Schwestern

„Anna, meine arme Anna!“, rief Julia ein über das andere Mal, „wie habe ich mit dir gelitten!“

Anna, die bis zur Ankunft der Schwester noch keine Träne hatte vergießen können, die noch wie betäubt gewesen war von dem jähen Schlag, konnte sich endlich in den Armen der Schwester ausweinen.

Julia strich ihr sanft über das weiche blonde Haar, über die blassen Wangen und flüsterte ihr Worte der Liebe und des Mitleids zu.

Es war eine schwere Stunde, die die beiden Schwestern miteinander verbrachten, und die ihre Herzen fester denn je verband. Die Liebe zueinander wurde zu einer Macht, die nichts mehr zu erschüttern vermochte.

Als Anna den Versuch machte, Julia das erschütternde Ereignis näher zu berichten, gebot sie ihr mit den Worten Einhalt: „Ich weiß es, Anna. Durch Zeitungsberichte habe ich alles erfahren, obwohl man mir sie am ersten Tag vorenthielt, um mich nicht zu sehr zu erschrecken.“

„Wie hat er sich auf deinen Besuch zum Weihnachtsfest gefreut!“

„Wie prächtig, dass er mich noch besuchte, die ich ihm so wenig Freundlichkeit und Liebe gezeigt hatte. Anna, ich habe in diesen Tagen schwer darunter gelitten, dass ich –"

„Still, liebe Schwester", unterbrach Anna sie, „mein Verhalten gegen dich war manchmal falsch. Gott mag uns beiden vergeben. Der Verstorbene hat durch seine Herzensgüte alles zurechtgebracht. Welche Freude hat er in der letzten Zeit an unserm Briefwechsel gehabt, an der Hoffnung, dich nun bald näher kennen zu lernen."

„Hat er das?", fragte Julia gespannt. „Seine letzten Worte an mich waren: ‚Fortan erbitte ich mir ewige Freundschaft für mich und meine Kinder.' Ihm kann ich keine Liebe mehr erweisen, aber seine Kinder sollen fortan auch meine Kinder sein. Du musst mir gestatten, sie lieb zu haben, habe ich sie doch bei meiner Ankunft schon ganz ins Herz geschlossen."

„Ja, die Kinder", fuhr Anna sinnend fort. „Bevor Gott ihnen den Vater nahm, den armen Waisen, hat er ihnen eine Mutter wiedergegeben."

„Jetzt sehe ich auch ein, warum alles so kommen musste", unterbrach Julia die Schwester, ihre Hand fest drückend. „Gottes Gedanken sind höher als die unsern, wir armen kurzsichtigen Menschen sehen immer nur, was vor Augen liegt."

„Ich habe nun eine große Verantwortung. Gott helfe mir, dass ich ihr getreulich nachkomme –"

Da steckte Hanna den Kopf zur Tür herein und sagte:

„Mutter, der Tee ist fertig."

Die Bücher waren vom Esstisch verschwunden, statt dessen war ein weißes Tischtuch aufgelegt. Am oberen Ende war für die Schwestern gedeckt, Tee und Aufschnitt standen bereit, während für die Kinder eine kräftige Suppe aufgetragen war.

Anna und Julia aßen wenig, aber den Kindern schmeckte ihr Abendbrot. Es war ein schöner Anblick für die Tante, mit welchem Behagen die kleine Schar ihre Suppe auslöffelte und die Mutter noch um mehr bat.

Julia war am Abend herzlich müde. Die Schwester begleitete sie ins Gastzimmer. Das erstemal unter des Schwagers Dach! Wie ganz anders hatte sie sich das vorgestellt!

Trotz der großen Müdigkeit vermochte sie nicht einzuschlafen; es ging ihr so manches durch den Kopf. Jetzt musste sie der Schwester etwas sein, jetzt war der Zeitpunkt da, wo sie ihrer bedurfte. Aber wie? Endlich kam sie zu dem Schluss, abzuwarten, was die Schwester für Pläne habe. In der Amtswohnung würde sie nicht lange bleiben können, da für den Nachfolger Platz geschaffen werden musste. – Als am andern Morgen die größeren Kinder in der Schule waren und die Kleinen sich mit ihren Spielsachen beschäftigten, fing Anna an: „Meine Kinder liegen mir am Herzen. Karl müsste eigentlich in eine größere Stadt auf ein Gymnasium, die beiden Mädchen auch, da sie später in ein Seminar sollen, um als Lehrerinnen auf eigenen Füßen zu stehen."

„Wie ist es mit dem Vermögen der Kinder? Bekommst du eine gute Pension, dass du alles, was für ihre Erziehung erforderlich ist, bestreiten kannst?“, fragte Julia klopfenden Herzens. Noch wagte sie nicht, mit dem Gedanken hervorzutreten, der ihr schon in der Nacht gekommen war, und der immer festere Gestalt annahm.

Anna legte offen ihre Verhältnisse dar. Vermögen sei keins da, weder von seiten der ersten Mutter noch des Mannes. Pension erhalte sie natürlich, aber sie werde Mühe haben, damit auszukommen, da das Leben teuer sei und die Erziehung der Kinder viel kosten würde.

„Wie wär's“, begann Julia stockend, „wie wär's, wenn du mit deiner ganzen Schar zu mir zögest, wenn endlich mein schönes Rosenhaus mit seinen vielen Zimmern und Räumen gefüllt würde?“

„Julia!“, rief Anna gerührt, „das darfst du nicht tun. Es wäre unrecht, wollte ich darauf eingehen. Du bist seit Jahren nicht mehr an Kinder gewöhnt, und nun willst du dir fünf fremde Kinder aufladen.“

„Fremd“, wiederholte Julchen fast beleidigt. „Sind es nicht die Kinder meiner Schwester, sind es nicht die Kinder eines Mannes, den ich habe schätzen lernen, dem ich Freundschaft für sich und seine Kinder versprochen? Dies letzte Wort, das ich aus seinem Munde vernommen habe, soll mir ein Vermächtnis sein, fortan treu mit dir für sie zu sorgen.

In der Großstadt haben die Kinder Gelegenheit, etwas Tüchtiges zu lernen; mein Haus liegt in der Vorstadt, im Garten können sie sich tummeln nach Belieben. Also“ – sie streckte der Schwester die Hand hin – „abgemacht, Anna! Du ziehst mit allen deinen Kindern zu mir ins Rosenhaus.“

Anna schlang den Arm um die Schwester: „Dann wäre eine große Sorge allerdings behoben. Es hat mir in den letzten Tagen schon viel Kopfzerbrechen gemacht, wie ich künftig alles einrichten soll. Im Ganzen bin ich hier noch fremd, bis zum Frühjahr könnte ich die Amtswohnung behalten, dann müsste ich mich nach etwas anderem umsehen. Wenn wir zu dir kommen sollen, ist das nicht mehr nötig.“

„Abgemacht“, sagte Julia, und Tränen der Freude glänzten in ihren Augen, als sie hinzufügte: „Nun weiß ich, warum mein Haus so lange auf neue Bewohner warten musste. Dies hat Gott mir vor die Tür gelegt.“

Manchmal schien Anna das Opfer zu groß, dann suchte sie nach Gründen, die es unmöglich machten, auf das großmütige Anerbieten einzugehen. Aber Julia blieb fest. „Du hast nun einmal zugestimmt, alles andere gilt nicht.“

Nach mehrtägigem Aufenthalt reiste Julia wieder nach Hause. Sie saß allein in ihrem Abteil und konnte den Gedanken freien Lauf lassen. Es schien ihr alles ein Traum, und doch war es Wirklichkeit, ernste Wirklichkeit, was sie erlebt hatte. Die Gestalt der Schwester stand ihr immer vor Augen; Julia hatte sie in ihrem tiefsten Schmerz erlebt und dann wieder als die liebende, sorgende und tröstende Mutter, die den Schmerz gewaltsam zurückdrängte und sich ganz ihren Pflichten hingab. Und die Kinder? Julia hatte selten so wohlerzogene und dabei doch lebhafte, aufgeschlossene Kinder gesehen. Hanna, die Älteste, zeigte schon ein sehr gereiftes Wesen, war hilfreich bei den jüngeren Geschwistern und aufmerksam gegen die Mutter.

Erika, die Zweite, Vierzehnjährige und blond wie Hanna, war äußerst begabt, lernte spielend und entwickelte großes Interesse für Schule und Musik und wollte Lehrerin werden. Sie war auch praktisch veranlagt und griff alles beim rechten Ende an.

Karl, der Sohn, war ein stiller, fleißiger Schüler. Von den beiden Kleinen ließ sich noch nicht viel sagen. Sie richteten sich in ihrem Verhalten sehr nach den großen Geschwistern, wie das gewöhnlich der Fall ist. Ludwig ging erst ein Jahr zur Schule. Er war ein kräftiger Bub, der bei den Mahlzeiten seinen Mann stellte, sich schon früh zum Ritter und Beschützer der kleinen Schwester aufwarf und sie oft mit den Worten tröstete: „Sei nur stille, Grete, ich bin ja bei dir." Das Nesthäkchen war ein anschmiegsames Ding, das sehr an der neuen Tante hing, und nicht von ihrer Seite wich.

Mit diesen Kindern sollte es sich wohl leben lassen, obwohl Anna gemeint hatte, sie seien nicht immer so brav, wie Julia sie gefunden hatte. Einesteils sei es ein wenig Scheu vor der neuen Tante, anderntei̇ls stünden sie noch unter dem Eindruck des traurigen Ereignisses, sie hatten auch ihre Fehler wie alle Kinder, Julia solle nur nicht glauben, dass sie vollkommen seien.

Es sei, wie es sei, der Plan war fertig. Nun konnte das große alte Haus seinen Zweck erfüllen, und sie selbst ihrer Schwester nun wirklich einen Dienst erweisen.

Unter diesen und ähnlichen Gedanken langte Julia in der Heimat an. Als der Zug hielt, sah sie zum Fenster hinaus. Da stand gerade ihrem Abteil gegenüber die treue Ika. Ihr ganzes Gesicht strahlte. Mit einem glücklichen „Fräulein Julia!“, stürzte sie auf sie zu und reichte ihr beide Hände, um ihr beim Aussteigen behilflich zu sein und rief: „Wie schön, dass Sie wieder da sind, Fräulein Julia, es war so einsam im großen Hause.“

Das Fräulein lächelte. Was würde Ika sagen, wenn sie hörte, welch eine Bevölkerung dem Hause in Aussicht stand?

Und was sagte Ika wirklich? Sie riss, wie immer, wenn das Erstaunen bei ihr über das Begreifen ging, den Mund weit auf und starrte Julia an, bis das Fräulein lachend sagte:

„Nun schließe nur deinen Mund und sage, was du denkst.“

„Frau Amtsrichter mit all die Kinder?“, rief Ika

und schlug die Hände zusammen. „Das wird aber Arbeit geben.“

„Die wollen wir schon richtig verteilen.“

„Aber nun – nun ist da der Student auch noch da.“

„Herr Maß ist auch noch da und wird da bleiben.“

Allerlei Bedenken

Als Julia in den nächsten Tagen Herrn Maß von dem großen Vorhaben Mitteilung machte, konnte man an seiner betrübten Miene etwas wie enttäuschte Hoffnung wahrnehmen. Doch als Julia ihn fragte: „Freuen Sie sich denn nicht mit mir, dass mein Haus bewohnt wird, dass Jugend und frisches Leben einkehrt?“, da streckte er seine Hand aus: „Ja, ich freue mich, freue mich für Sie und für Frau Anna.“

Da fiel es Julia ein, dass sie vor kurzer Zeit geäußert habe, seine Mutter könne vielleicht im Rosenhaus Wohnung finden. Über allen Erlebnissen war ihr das ganz aus dem Sinn gekommen, nun konnte sie sich die Enttäuschung, die auf seinem Gesicht zu lesen war, deuten. Es tat ihr so Leid und sie sprach ihr herzliches Bedauern darüber aus, dass dieser Plan nun hinfällig werden musste.

„Meine Mutter ahnt nichts davon, und ich sehe vollständig ein, dass es unter diesen Umständen unmöglich ist.“

„Wir wollen abwarten, wie sich alles einrichtet“, sagte Julia gedankenvoll.

Sie hätte, wär's möglich gewesen, das Haus bis auf die letzte Kammer vollgepfropft.

Die nächsten Wochen vergingen wie im Flug. Ehe man sich's versah, war der Frühling wieder da, und als eines Tages Julia im Garten war und eben einen

Strauß Schneeglöckchen gepflückt hatte, sah sie vor der Gartenpforte eine schwarz gekleidete Dame stehen. Im ersten Augenblick hielt sie sie für eine Fremde. Es kam oft vor, dass Leute stehen blieben und bewundernd das alte, mit Rosen bewachsene Haus ansahen.

Aber nun öffnete sie das eiserne Tor und kam langsam näher. Es war nicht der leichte, elastische Gang ihrer Anna, und doch war sie es. Als sie die Schwester im Garten gewahrte, winkte sie ihr zu. Julia lief, so schnell es ihre Jahre erlaubten, der Schwester entgegen.

Nach der Begrüßung beredeten sie das Nötigste im kleinen Eckzimmer, in dem sie so oft miteinander gesessen hatten. Anna sagte, dass sie nur einen Tag Zeit habe, sie könne die Kinder nicht lange allein lassen; aber sie habe kommen müssen, um über alles noch einmal mit ihr zu sprechen.

„Erinnerst du dich, dass du mir vor meiner Heirat sagtest: ‚Du hast dir etwas Schönes eingebrockt.' Nun muss ich dir die Worte zurückgeben, denn du hast dir, nach meiner Meinung, etwas Schönes eingebrockt."

„Erinnere mich doch nicht an meine garstigen Worte, die ich im Unmut geredet habe. Lass uns lieber beraten, wie wir die Zimmer am zweckmäßigsten verteilen", sagte Julia, und fügte dann hinzu, wie sie sich schon manches überlegt habe.

Der große Saal links würde von allem Gerümpel

befreit werden. Da hinein kämen die einfachen Möbel und der große Arbeitstisch, an dem Julia zuerst die Kinder hatte sitzen lassen. Das sollte der Kinder Reich werden. Oben sollte Anna zwei Zimmer nach vorn heraus bekommen, ein gutes Zimmer für sich, wo sie ihre Bücher, ihren Schreibtisch, kurz alles, was ihr lieb und wert sei, hineinstellte, ein Zimmer, in das sie sich jederzeit, wenn sie wünschte, zurückziehen könnte. Anna sollte sich von den vorderen Zimmern aussuchen, welchen sie den Vorzug gebe, es stehe ihr alles natürlich zur Verfügung.

Hanna und Erika sollten auch ein eigenes Zimmer haben. Es macht den jungen Mädchen Freude, sich selbst ihre Kostbarkeiten, ihre kleinen Andenken, ihre Bücher vor den Augen der jüngeren Geschwister in Sicherheit bringen zu können. „Ich bin mir noch nicht klar“, überlegte Julia, „ob wir die jungen Mädchen oben oder unten lassen. Oben wohnt nur der Student, es ist wohl passender, sie bleiben unten“, fügte sie bedacht hinzu.

Anna lächelte. „Lass dich das nicht anfechten, Schwester, tue die Mädchen dahin, wo es dir am besten passt. Wir wollen Herrn Maß nicht vertreiben; ich denke auch, meine Mädel werden dir alle Ehre machen.“

„Er isst ja nun auch täglich bei uns“, fuhr Julia fort, der plötzlich allerlei Gedanken aufzusteigen schienen.

„Warum auch nicht!“, meinte Anna. „Das tut doch den Mädchen nichts.“

„Meinst du? Aber es essen am Dienstag vier bis fünf junge Leute bei mir!“

„Macht gar nichts, Julia. Da stellst du die Mädchen an, dass sie dir helfen. – Doch, war da nicht jemand, ich meinte doch, ein Türenschließen zu hören.“

Julia horchte. „Du irrst, es ist niemand da.“

„Es ist jemand im Zimmer gewesen, ich habe es deutlich gehört.“ Julia meinte, sie habe sich getäuscht, und überlegte weiter mit der Schwester, bis alles Nötige besprochen war. Anna konnte nicht genug danken, dass Julia ihr den größten Teil des Hauses überlassen wollte, während Julia immer behauptete, es geschähe ihr ein großer Gefallen, wenn Anna mit ihren Kindern bei ihr einzöge.

Am andern Morgen reiste Anna wieder ab.

* * *

In den nächsten Tagen ging Herr Maß so bedrückt einher, dass es jedem auffallen musste. Ika meinte, er sei gewiss krank von dem vielen Arbeiten. „Die Bücher liegen haufenweise herum, und die vielen Kollegien machten ihm den Kopf wirr.“

Julia aber sorgte sich, ob nicht etwas anderes ihn bedrücke. Und die Aufklärung kam schon am nächsten Tag.

Die Abendandacht war vorüber und Ika vom Schauplatz verschwunden, Herr Maß aber, der dann auch gewöhnlich auf sein Zimmer ging, zögerte heute offensichtlich damit.

Julia, die glaubte, er wolle ihr noch etwas vorspielen, zeigte auf den Flügel und sagte: „Suchen Sie sich nur etwas aus den Noten heraus, es ist mir alles recht."

Er schüttelte den Kopf, trat vor Julia hin, rieb sich verlegen die Hände, räusperte sich einige Male und begann mit stockender Stimme:

„Fräulein Julia, ich muss Ihnen etwas bekennen. Ich war gestern im Vorzimmer, um ein Notenheft zu suchen. Es wurde gerade von mir gesprochen. Ich hörte etwas, ohne dass ich horchte. Ich – fürchte, ich werde stören, wenn Frau Amtsrichter mit den Kindern kommt, ist es Ihnen nicht – lieber – wenn – ich das Haus verlasse?"

„Dummes Zeug", fuhr es Julia heraus, „Sie bleiben, wo Sie sind, sehen Sie denn nicht, dass wir Platz genug haben."

„Ja, aber am Mittagstisch möchte meine Gegenwart nicht angenehm sein?"

„Schmeckt Ihnen das Essen nicht mehr bei mir?"

„Nur zu gut, aber verstehen Sie mich, Fräulein Julia, – die – die jungen Mädchen –"

„Sie haben gehört, was Sie nicht hören sollten. Ich hatte allerdings kleine Bedenken, aber, bester Herr Maß, wir kennen uns seit einem Jahr, nein, noch länger, ich weiß, dass ich mich auf Sie verlassen kann. Sie sind ein Mann, der alles vermeiden wird –"

„Sie dürfen überzeugt sein, Fräulein Julia, dass ich mich soviel wie möglich zurückhalten werde. Sie werden keinen Grund haben, unzufrieden mit mir zu sein."

„Jedenfalls sind Sie weiterhin mein Gast. Wenn für so viele gekocht wird, bleibt für Sie auch noch ein Teil. Also darüber sind wir im Klaren. Es ist gut, dass Sie Vertrauen haben und mir sagen, was Sie bedrückt. Ich habe auch zu Ihnen festes Vertrauen."

Einzug der Familie Böckel

Wer in der nächsten Zeit am Rosenhaus vorüberging, bemerkte, dass hier allerhand los war. Alle Teppiche und Decken wurden ausgeklopft, Betten, die in Kisten verpackt waren, an die Luft gebracht und auf dem Rasen gesonnt. Im Haus wurden Möbel von einem Zimmer in das andere gebracht oder in einer Kammer übereinandergestellt; überall war Julia mit Feldherrnblick zur Stelle. Wenn Ika die Arbeit zuviel wurde, dann kam ihre Mutter zur Hilfe, die scheuerte und wusch, putzte die großen Fenster und griff überall ein. Frau Blank war eine tüchtige Arbeitskraft, aber sie hatte in den letzten Jahren noch etwas anderes gelernt, das höher zu bewerten ist. Durch das lange, geduldige Leiden ihrer Mutter hatte sie gespürt, dass es eine Kraft von oben gibt, die tragen hilft und Trost und Frieden zu verleihen vermag; besonders in der Todesstunde der Mutter war ein Strahl aus der Ewigkeit in ihr Herz gedrungen; seitdem war sie willig geworden, Gottes Wort zu hören und danach zu handeln. Sie war froh, ihre Tochter in einem guten Hause aufgehoben zu wissen und freute sich, dass das Fräulein zufrieden mit ihr war.

Immer näher rückte der Termin des Einzugs. Und wieder war es um die Rosenzeit, als Anna zum zweiten Mal Besitz von dem Haus ergriff.

Es war kein gewitterschwüler Tag wie vor zwei Jahren. Die Sonne stand diesmal am blauen, wolkenlosen Himmel, ein leiser Ostwind brachte ein wenig Kühlung. Da stand Julia in der offenen Haustür, erwartungsvoll sah sie nach der Straße; sie mussten nun gleich kommen. Das Haus war bereit! Mit Hilfe der Packer und Dienstleute, die am vorhergehenden Tag die Möbel abgeladen hatten, war alles so untergebracht, wie Anna es gern haben wollte. Julia war eben noch einmal durch das Haus gewandert; überall sah es nett und freundlich aus. Nun fehlten nur noch die Menschen.

Da waren sie!

Ein ganzer Zug kam da heran.

Voran gingen die beiden Mädchen, sie winkten der Tante, die in der Haustür stand, schon von weitem zu; dann kam Anna mit den beiden Kleinen; dann Karl mit einer ziemlich schweren Reisetasche, und Ika machte mit ihrer Mutter den Schluss. Beide waren mit Gepäckstücken aller Art beladen.

„Da hast du uns, Julia, alle miteinander."

Mit diesen Worten eilte Anna auf die Schwester zu. Und die Kinder riefen fast zugleich: „Oh, die schönen Rosen!"

„Dehören die der Tante danz allein?", fragte Gretchen.

„Schenkt sie uns wohl auch eine?", meinte Ludwig.

Tante Julia war aber schon ins Haus gegangen und

gab Anordnungen, wohin das Gepäck getragen werden sollte. Dann öffnete sie die Saaltür und rief den Kindern, die immer noch draußen standen, zu: „Willkommen im Rosenhaus! Kommt und seht, welch eine große Stube die Tante für euch eingerichtet hat."

„Julia, der Saal ist ja nicht wieder zu erkennen", staunte Anna. „Was hast du aus der wüsten Kammer für ein schönes Kinderzimmer gemacht!"

Julia stand hoch befriedigt da; sie feierte ihren schönsten Triumph, als die Kinder alle in verschiedener Weise ihre Freude zeigten. Die Kleinen begrüßten jubelnd ihre Spielsachen, die sie die letzten Tage vermisst hatten und hier unversehrt wiederfanden. Die Größeren öffneten behutsam einen Schrank, worin es Spiele aller Art und eine Menge Bücher gab. Sie verwunderten sich, woher das alles komme, und meinten, ob die Tante Julia das wohl für sie gekauft habe.

„Gekauft hat sie es nicht, aber sie hat dergleichen mehr als ihr denkt", belehrte die Tante, die eben hinzutrat. „Ich habe oben eine Kammer, darin gibt es Wunderdinge; wenn ich sie einmal aufschließe, werdet ihr dort mancherlei finden, was ihr nicht erwartet habt."

Die Augen der Kinder waren gespannt auf die Tante gerichtet. Sie erschien ihnen in diesem Augenblick wie eine gütige Fee, die aus ihrem Ärmel alles schütteln kann, was sie will.

„Julia, woher hast du nur diese Schätze?", fragte Anna leise. „Es ist noch so vieles da aus der Kinderzeit der verstorbenen Söhne. Sogar noch Puppen gibt es aus dieser Zeit, da die gnädige Frau klein war", antwortete Julia. „Doch wir wollen weise damit haushalten, ich werde nicht alles auf einmal hergeben."

„Fräulein Julia, die Suppe ist aufgetragen –"

Ika stand in der offenen Tür mit zinnoberrotem Gesicht. –Mit gespannten Mienen folgten die Kinder den beiden Schwestern in das Esszimmer, in dessen Mitte ein langer, gedeckter Tisch stand, der der Gäste harrte.

Herr Maß hatte an seinem Fenster den Einzug der Familie Böckel beobachtet. Nun stand er prüfend vor dem Spiegel, bürstete sorgfältig das Haar und nestelte lange an seinem Schlips. Als Ika zum Essen rief, ging er mit einer gewissen Feierlichkeit hinunter.

Beim Betreten des Esszimmers standen alle schon hinter den Stühlen. „Wo bleiben Sie, lieber Freund", rief Julia, und Herr Maß, verwirrt über sein spätes Kommen, stellte sich Schutz suchend zwischen Tante Anna und Gretchen.

„Nehmen Sie, bitte, den Platz neben meiner Schwester ein." Jetzt erst bemerkte er, dass oben am Tisch ein leerer Stuhl stand.

Erika hob erstaunt die Augen, als sie ihr Gegenüber erblickte. Sie wusste offenbar nichts von dem

Vorhandensein eines jungen Mannes. Die Tante, die Erikas und Hannas Blicke bemerkte, sagte: „Das ist unser Hausgenosse, Studiosus Maß. Er besucht die hiesige Universität und wird ein großer Gelehrter, vor dem ihr Respekt haben müsst."

Herr Maß widersprach und meinte, dass er noch viel lernen müsse, wenn er nächstes Jahr ins erste Examen steigen wolle.

Da konnte sich Erika, die immer auf eine Gelegenheit wartete, ihr Plappermäulchen aufzutun, nicht enthalten, von ihrem künftigen Examen zu reden. Worauf Herr Maß fragte: „Will das Fräulein auch studieren?"

„Das liegt noch in weiter Ferne", warf die Mutter ein. „Fürs erste ist Erika noch kein Fräulein. Sie ist Schülerin und eben erst vierzehn. Man wird sich die Frage noch vielmals überlegen müssen, ob's mit dem Studieren überhaupt etwas wird. – Übrigens kann ich Ihnen jetzt meine Kinder wohl am besten vorstellen. Dort sitzt meine Älteste, Hanna – auch sie ist noch kein Fräulein–", fuhr Anna fort, „sie ist etwas älter als Erika. Hier, Ihr Nachbar, der künftige Gymnasiast Karl, wird hoffentlich mit Ihnen Freundschaft schließen. Er bekommt ein kleines Zimmer neben dem Ihren."

Bei dieser Aussicht erglänzten Karls Augen freudig, es war längst sein stiller Wunsch gewesen, ein eigenes Zimmer zu besitzen.

„Die Kleinen, Ludwig und Gretchen, werden Sie

bald zu Freunden haben, kommen sie aber ungebeten, dann schicken Sie sie nur fort", fügte Anna hinzu, während der dicke Ludwig sich zutraulich zur Tante neigte:

„Tante Julia, ist Herr Maß dein Papa?"

Darauf folgte ein allgemeines Gelächter, und Erika konnte nicht umhin zu bemerken: „Der Dicke stellt immer so furchtbar dumme Fragen."

Ludwig ließ sich durch diese Bemerkung in seiner Beschäftigung nicht stören. Die Tante hatte ihm so reichlich den Teller gehäuft, dass er ganz davon in Anspruch genommen war.

Herr Maß wandte sich während des Essens mit verschiedenen Fragen an Karl und bot ihm seine Hilfe im Lateinischen an.

„Sie sehen, wie nötig es ist, dass Sie im Hause bleiben, Herr Maß", ließ sich Julia vernehmen.

„Wollten Sie etwa ausziehen?", fragte Anna ungläubig.

„Er wollte euretwegen das Haus verlassen. Als ob hier nicht Platz genug wäre!"

„Das hätten wir alle übel genommen, nicht wahr, ihr Kinder?"

„Natürlich", sagte Erika laut, während Hanna leise mit dem Kopfe nickte und Karl dem Studenten vertraulich zuflüsterte: „Das wäre schlimm für mich gewesen." Gretlein hatte ein sehr nachdenkliches Gesicht gemacht, als ob sie der Rede Sinn verstände. Plötzlich gab auch sie ihren Gefühlen Ausdruck: „Ob er auch wohl noch mit mir und meinen Puppen spielt?"

Wieder ein herzliches Lachen. Da nickte Herr Maß der Kleinen freundlich zu: „Mit Puppen gerade nicht, wenn du aber einen Ball hast, dann spielen wir miteinander."

Das Kind klatschte fröhlich in die Hände und wollte gleich den Ball holen. Da hieß es aber: „Sitzen bleiben, bis die Mahlzeit beendet ist."

Nach dem Dankgebet erhob man sich, und die jungen Mädchen griffen, wie sie es von Haus aus gewohnt waren, eifrig zu, um beim Abtragen zu helfen. Auch auf der andern Seite des Tisches wurden schon die Teller ineinandergesetzt, als Julia meinte: „Lieber Herr Maß, Sie sind nun befreit, das lassen Sie fortan die jungen Mädchen tun." Da machte der Student sich sehr bald unsichtbar.

Frau Anna trat zur Schwester Julia. „Um eines bitte ich dich, Julia, dass du Herrn Maß sagst, dass er sich durch unsere Familie in keiner Weise beengt fühlen möge."

„Das wird er auch nicht. Aber du kennst ihn von früher; er ist eben zurückhaltend, aber stets zur Hand, wenn man Hilfe braucht. Doch nun sollst du deine Zimmer sehen, oder wollen wir erst unten Hannas und Erikas Reich besichtigen? Sie erhalten dein früheres Schlafzimmer. Kommt, Kinder!" Sie winkte den beiden Mädchen zu. „Ihr sollt euer kleines Reich besichtigen."

Wie strahlten die Augen der Mädchen, als die Tante die Tür zu dem freundlichen, reizend eingerichteten Zimmer öffnete. Die Fenster waren weit geöffnet, es roch nach Rosen und frischen Blumen, man blickte auf Rasenplätze und hübsches Gebüsch; es war alles schöner, als die Kinder es sich erträumt hatten. Sie dankten der Tante mit herzlichen Worten und fragten die Mutter, ob sie auspacken dürften.

„Wir gehen jetzt erst noch nach oben. Doch wo ist Ludwig?"

„Lass doch den Dicken, er wird sich schon wieder einfinden."

Der Dicke war aber in den Garten gelaufen. Hier fiel ihm zunächst das Hühner- und Taubenhaus in die Augen. Dahin eilen und die Tür, die mit einem Knebel verschlossen war, öffnen, war das Werk eines Augenblicks. Mit lautem Gackern flogen die Hühner in den mit Draht umzäunten Hof; die Henne mit einer Schar kleiner Küken folgte. „Oh, die niedlichen Tiere", rief der Dicke und versuchte, die Küchlein zu greifen, und lachte laut, wenn sie ihm entschlüpften.

Die Schwestern standen, natürlich nichts ahnend, in Annas geschmackvoll eingerichteten beiden Zimmern.

„Hier sollst du dein eigenes Reich haben, Anna. Hierher kannst du dich mit deinen Kindern zurückziehen, wenn ihr einmal ohne die alte Tante sein wollt. Und hier, im dritten Raum schläfst du mit den beiden Kleinen."

„Es ist alles herrlich, liebste Julia. Viel zuviel Platz hast du uns geopfert."

Die Tante zeigte den Kindern inzwischen den Blick aus dem Fenster und machte sie auf die Rosen aufmerksam, die überall hereinrankten und in üppiger Fülle blühten.

„Es ist wirklich ein Rosenhaus", sagte Hanna, erfüllt von der Pracht der Blumen. „So schön haben wir es uns alles nicht vorgestellt."

„Wir müssen uns den Garten auch ansehen, dann kennt ihr mein ganzes Reich und könnt euch mit mir darüber freuen."

Als sie an das Hühnerhaus kamen, sprach Erika gleich die Bitte aus, das Füttern besorgen zu dürfen.

„Die Arbeit wird gleichmäßig verteilt", sagte die Mutter.

„Ihr Mädchen müsst außer der Schulzeit der Tante und auch der Ika helfen. Doch die Tür zum Hühnerhaus ist ja auf –"

„Und die Hühner, die heute drinnen bleiben sollten, spazieren draußen herum", meinte die Tante.

„Der Ludwig! Der Ludwig ist drinnen", riefen Hanna und Erika erschrocken. „Wie ist er nur hineingekommen?"

Ludwig stand mit verlegener Miene im Hühnerstall. Als die Mutter und Tante Julia erschienen, nahm das Gesicht einen ängstlichen Ausdruck an.

„Es piepste so – da wollt' ich es lieb haben – und da wurd' es auf einmal ganz still."

Er hatte ein Küchlein in der Hand und es mit seinen Patschhändchen totgedrückt.

„Sieh nur, Tante", jammerte Erika. „Na, dich wird die Tante zum Rosenhaus hinauswerfen, wenn du gleich am ersten Tag solche Streiche machst."

„Wie schade um das arme, kleine Tierchen", klagte die Tante, während Anna dem kleinen Missetäter ein paar tüchtige Klapse auf die Finger gab, worauf Ludwig ein Löwengebrüll erhob und das Küken zur Erde fallen ließ.

„Ich – wollte – es nur lieb haben", schluchzte er, „und da sterbte es." Die Tante seufzte leise. Es war noch kein Tag herum, und schon war etwas Dummes passiert. So glatt, wie sie sich die Sache mit den Kindern gedacht, würde es wohl nicht gehen. Ludwig musste die Tante um Verzeihung bitten, dann nahm Hanna ihn an die Hand, während sie den unteren Teil des Gartens ansahen. Die Baumgruppe am Fluss gefiel den jungen Mädchen ganz besonders.

Karl hatte unterdes mit dem Studenten Freundschaft geschlossen. Herr Maß zeigte ihm seine Bilder und Bücher und freute sich, dass der Junge an allem soviel Interesse zeigte.

„Wie du weißt, Anna, habe ich bei Ika eingeführt, dass sie jeden Abend ein Stück aus dem Katechismus aufsagt. Wir nehmen die Hauptstücke durch, eines nach dem andern, und fangen immer wieder von vorn an, so bleibt es am besten sitzen."

„Von jetzt an sollen meine Kinder mittun", fiel ihr Anna in die Rede, „wir fangen bei den zehn Geboten an, wenn es dir recht ist. So lernen die Kleinen es von den Großen, und was sie jetzt in der Jugend lernen, wird ihnen später im Alter ein Schatz, der nicht mit Gold aufzuwiegen ist."

Und so geschah es. Als am ersten Abend vielstimmig das „Unsern Ausgang segne Gott, unsern Eingang gleichermaßen" ertönte, da wurde es der Tante wundersam weich ums Herz.

Auch Anna war gerührt. Ihren Kindern hatte sich hier eine Heimat aufgetan, wie sie sie ihnen nicht hätte schaffen können.

Nun sagten die Kinder gute Nacht, endlich kehrte Ruhe ein in das Rosenhaus.

„Julia, du bist müde", sagte Anna, der Schwester die Wangen streichelnd, „lege dich auch schlafen."

„Lass uns noch ein Weilchen beieinandersitzen", bat die Schwester, „zum Schlafen ist das Herz noch zu unruhig."

„Fräulein Julia, wollen Sie nicht einen Augenblick herauskommen?“, ertönte da Ikas Stimme.

Kopfschüttelnd gingen die Schwestern nach draußen. Dort hatte Ika sämtliches Schuhwerk der Reihe nach wie ein Regiment Soldaten aufgepflanzt und sah mit einem vielsagenden Blick Fräulein Julia an, strich dann mit der Hand über das Ganze weg und fragte: „Soll ich die alle allein putzen, auch bei Regenwetter?“

„Gute Ika“, rief Anna, „du wirst deine liebe Not haben mit allen Kindern –“

„Mit all' die Stiefel“, verbesserte das Mädchen.

„Du sollst sie nicht allein putzen“, sagte Anna bestimmt. „Ich habe nur heute vergessen, darüber zu sprechen. Die großen Kinder sollen dir von morgen an helfen.“

Dem widersprach Julia, die einen andern Plan hatte.

„Wolf“, sagte sie am andern Morgen zu dem im Garten arbeitenden alten Mann, „Ihre Frau ist tot, Sie sind ganz allein. Wie wär's, wenn ich Ihnen die beiden kleinen Stuben nach hinten neben der Küche zum Wohnen gäbe? Wir hätten einen treuen Menschen im Haus, der überall mit nach dem Rechten sähe –“

„Oh, wenn das Fräulein das wollte! Es ist so sehr einsam ohne meine Alte. Aber ich kann es ja gar nicht annehmen, was kann ich dem Fräulein dafür tun?“

„Nichts weiter, als dass Sie Ika abends beim Putzen der Stiefel helfen, das ist mir genug."

Darauf ging Wolf gern ein. So zog er aus dem kleinen Häuschen jenseits des Flusses herüber und wurde auch Insasse des Rosenhauses.

Später sagte Julia zu ihrer Schwester: „Dies ist die beste Lösung. Wir wären mit Ika allein nicht durchgekommen. Der alte Wolf ist ein alter Praktikus und versteht alles, kurz, er wird uns von großem Nutzen sein."

So waren die häuslichen Angelegenheiten geregelt. Und mit den Einnahmen und Ausgaben setzten sich die Schwestern in Liebe und gegenseitigem Vertrauen auseinander. Anna bestritt mit ihrer Pension Erziehung und Kleidung der Kinder, gab etwas mit zum Haushalt und behielt noch ein wenig für ihre persönlichen Bedürfnisse übrig. Und Julia musste jetzt sehr rechnen, um alles bezahlen zu können. Aber sie war wirklich eine tüchtige Haushälterin und kam gut aus, zumal der Garten Obst und Gemüse lieferte, der Hühnerhof Eier und dann und wann Geflügel.

Nach Verlauf von acht Tagen kannte jeder im Haus seine Pflichten. Karl, als glücklicher Tertianer, war stolz auf seine Klassenmütze und stolz darauf, nun Gymnasiast in der Großstadt zu sein. Hanna und Erika kamen in die gleiche Schule, an der ihre Mutter unterrichtet hatte. Anna hoffte, im Laufe der Zeit wieder einige Stunden an der Schule zu geben; zunächst jedoch hatte sie die dahingehende Bitte der Schulleiterin ablehnen müssen.

Julia war es oft, als träume sie. Viele Jahre hindurch war es einsam in dem alten Haus gewesen. Krankheit und Schmerzen hatten hier gewohnt. Nun herrschte ein wirklich fröhliches Leben. Kinderstimmen jubelten einander zu, flinke Beine sprangen in den Wegen des Gartens oder über die Rasenplätze. Das gab viel Freude und auch viel Arbeit, die an manchen Tagen nicht bewältigt werden konnte. Es gab auch sonstige Schwierigkeiten, aber das Gute überwog bei weitem die Widerwärtigkeiten, und Julia hatte das wohltuende Gefühl, dass sie nicht sich selbst lebte, sondern dass sie Anderen etwas bedeutete.

In den ersten Tagen nach Annas Ankunft kam der Pfarrer zu Besuch. Julia, die mit Hanna und Erika bei den Rosen beschäftigt war, eilte ihm entgegen. Diesmal hatte er sein Töchterchen bei sich, das schüchtern auf die beiden Mädchen sah.

„Nun haben Sie Ihr Haus voll, Fräulein Julia“, begann er. „Sehen Sie, da bewahrheitet sich wieder das Wort der Schrift: ‚Sorget nicht.‘ Im vorigen Herbst klagten Sie, dass das alte Haus so leer sei. Ja, unser Herrgott geht andere Wege, als wir es wünschen und meinen.“

Julia nickte verständnisvoll.

Nun wandte der Pfarrer sich an die beiden Mädchen. „Hier bring ich eine Gefährtin, vielleicht wird eine Freundin draus. Meine Ruth möchte gern mit euch bekannt werden."

Hanna und Erika nahmen Ruth in ihre Mitte und schlugen vor, miteinander den Garten anzusehen. Ruth nickte stumm, als aber die drei erst hinter dem Hause verschwunden waren, da hörte das gegenseitige Beäugeln auf. Man fragte nach Namen, Alter und Geburtstag, und schon bald war die anfängliche Scheu vorüber.

„Wir pflücken eben mit der Tante Rosen", erzählten die Mädchen. „Morgen hat nämlich unsere Mutter Geburtstag. Aber sie wird sehr traurig sein. Vor einem Jahr hatte sie gerade unsern Vater geheiratet."

„Wie gut, dass ihr noch eine Mutter habt", rief Ruth. „Eure Mutter ist vorher meine Lehrerin gewesen."

„Möchtest du sie denn gerne sehen?", fragte Hanna.

„Wenn ich nicht störe." Ruths Augen glänzten vor Freude.

„Erst wollen wir einmal an unsern Lieblingsplatz dort unten am Wasser gehen", bat Erika.

Bald saßen die drei Mädchen auf einer Bank unter der großen Linde und redeten munter von diesem und jenem, am meisten aber von der Schule, in die Hanna und Erika nun eintreten sollten. Hanna würde mit Ruth in der gleichen Klasse sein.

„Dann sind wir ja zusammen", freute sich Ruth,

„und nicht wahr, ihr haltet euch mit zur guten Seite?“

„Was willst du damit sagen?“, fragte Hanna verwundert.

„Ihr wisst doch, dass es in der Schule immer solche gibt, die nur Unfug im Kopf haben und durch Keckheit und Ungehorsam die Lehrer ärgern. Leider haben sie oft den größten Anhang. Da sind nun aber auch andere, die das Gute wollen. Wir, meine Freundinnen und ich, kämpfen für das Gute. Nicht wahr, ihr helft uns dabei?“

Hanna war gleich bereit, ihr Versprechen zu geben; sie kannte es nicht anders, als dass man in der Schule fleißig, bescheiden und aufmerksam war. Erika schwieg. In ihren Augen blitzte es schalkhaft auf; sie dachte an einige lustige Dinge in der früheren Schule, an denen sie sich auch beteiligt hatte. Im Ganzen war sie eine brave Schülerin, ihre große Begabung zog ihr immer das Lob der Lehrer zu. Es regte sich aber mitunter ein übermütiger Geist in ihr, und so antwortete sie jetzt nach kurzem Schweigen:

„Das kann ich heute noch nicht wissen, ich muss mir die Sache erst einmal ansehen.“

So kam es, dass Ruth sich mehr zu der älteren Hanna gezogen fühlte, und dass die beiden sich mit der Zeit besonders eng aneinander anschlossen.

* * *

Hanna und Erika wurden von den Schülerinnen der ersten und zweiten Klasse mit Interesse aufgenommen, und manche warben um ihre Freundschaft, als sie hörten, dass die Mutter ihre frühere Lehrerin gewesen war.

In der zweiten Klasse herrschte ein munterer Geist, es gab übermütige Mädchen darin, die immer zu irgendwelchen Streichen neigten. Leider fühlte sich Erika von diesem Geist des Übermutes angezogen. So kam es, dass, als einst in der Rechenstunde hinter dem Rücken des Lehrers mit Papierkügelchen geworfen wurde, auch Erika große Lust verspürte, mitzumachen. Schon hatte sie in den Händen fertige kleine Bomben; sie kämpfte noch, da bot sich ihr der Rücken des Lehrers dar, der gerade einer Schülerin etwas erklärte. Sie ließ ein Kügelchen durch die Luft fliegen. Es traf den Rücken des Lehrers und fiel unbemerkt zur Erde. Das nächste jedoch traf sein Ohr. Er wandte sich um, sah Erika scharf an und sagte nur: „Du auch? Das hätte ich von dir am wenigsten gedacht."

Beschämt senkte Erika ihre Blicke. Nun tat es ihr Leid, sie wusste genau, wie ihre Mutter über solche Sachen dachte.

Sie hatte den ganzen Tag ein unbehagliches Gefühl. Als sie gegen Abend mit den jüngeren Geschwistern aus dem Garten kam, wurde sie von der Mutter nach oben gerufen: „Herr Blatt, den ich von früher her kenne und schätze, war bei mir." Ein ernster

Blick traf Erika. Da schlang sie die Arme um die Mutter und bat: „Sei mir nicht böse, ich tu's bestimmt nicht wieder."

„Erika, dumme Streiche mitmachen, ist feige. Wer aber den Mut hat, auf die Gefahr hin, von den andern verlacht zu werden, dagegen zu sein, der verdient Lob. Geh morgen und sage Herrn Blatt, dass es dir Leid tue."

Erika war entlassen. Die Mutter stand noch lange grübelnd am Fenster; ja, ihre Aufgabe war nicht leicht. Fünf Kinder, die nicht ihre eigenen waren und die verschiedensten Anlagen hatten, sollten von ihr geleitet und erzogen werden. Sie bedurfte täglich der Kraft von oben, auf Gottes Hilfe allein vertraute sie in dieser Lage des Lebens.

Die Äste der Pflaumenbäumchen hingen fast zur Erde, die Apfel- und Birnbäume mussten gestützt werden, um die Zweige vor dem Brechen zu bewahren.

„Der liebe Gott weiß, dass wir das Obst gut gebrauchen können, Wolf", sagte Tante Julia.

Der Alte kratzte sich den Kopf. „Wenn wir nur erst alles heil herunter hätten!"

„Alle werden helfen, Wolf. Sagen Sie nur, welche Bäume zuerst dran sollen."

Es war ein lustiges Leben für die Kinder und auch für Ika, die oft mit vollen Backen schmausend im Garten hin und her lief. Hanna und Erika, mitunter auch Ruth, trugen mit ihr die vollen Körbe ins Haus, wo Julia und Anna in den Bodenkammern das Obst auspackten und vorsichtig ausbreiteten. Den Kleinen aber musste gewehrt werden, dass sie nicht zuviel des Guten taten, besonders dem Ludwig, der es sich sehr angelegen sein ließ, unter den Bäumen aufzulesen, was ihm gut dünkte. Dabei warnte er immer die kleinere Schwester: „Grete, iss nicht zuviel, sonst wirst du krank."

Es kamen aber auch Regentage, dann wurde es draußen im Garten still, desto mehr aber regte es sich im großen Kinderzimmer.

„Nun kommt der alte Saal auch zu seinem Recht",

sagte Julia dann mit Befriedigung, „es ist doch gut, wenn man ein großes Haus hat.“

An einem solchen Tag kam sie lachend zu Anna, die in ihrem Zimmer mit einer Flickarbeit saß. Die drei ältesten Kinder waren in der Schule, die beiden jüngsten saßen am großen Tisch und spielten miteinander. Die Tür nach dem Flur stand offen, so dass Julia, die gerade vorbeikam, folgendes Gespräch hören konnte.

„Du, Grete“, sagte Ludwig zu der Schwester, „in der Speisekammer darfst du nicht naschen, der liebe Gott kann durch die Mauern sehen.“

„Die Tante Julia kann auch durch Mauern sehen“, hatte die Kleine da erwidert.

Und Tante Julia erzählte den Vorgang, der in dem Mädchen diese Überzeugung wachgerufen hatte. Es sei in der Tür der Speisekammer ein kleines rundes Fensterchen. Durch dieses habe sie gesehen und bemerkt, dass die Kleine einige Birnen herausgeholt und in die Tasche gesteckt habe. Als Gretchen dann durch die Küche kam, habe sie gerade am Herd gestanden und drohend den Finger erhoben und gerufen: „Gretlein, nicht naschen. Gib gleich einmal die Birnen heraus, die du im Täschchen hast.“ Da habe sie ganz erschrocken die Birnen aus der Tasche geholt, sie auf den Tisch geworfen und sei dann weggelaufen.

„Ich habe nicht mehr viel gesagt, da das kleine Gewissen schon erwacht war. Wenn sie aber denkt, dass ich durch Mauern sehen kann, wird der Respekt gewaltig zunehmen."

„Das ist auch gut so."

Julia beobachtete die Schwester bei der Arbeit. „Das ist ja eine arge Flickerei."

Anna hob Karls Jacke in die Höhe. „Von oben bis unten geplatzt – das kommt vom Bäumeklettern."

„Du bist solche Arbeit nicht gewöhnt."

„Ich tue sie aber gern, weil sie zu meinen Pflichten gehört."

Julia, die wusste, dass solche Arbeit der Schwester besonders schwer wurde, streichelte ihr die Wangen und sagte nur: „Meine liebe, gute Schwester, Gott wird dir die Treue an den Kindern lohnen."

„Mein größter Lohn ist, wenn sie alle wohlgeraten. Dass du mir so gut dabei hilfst, das danke ich dir. Die Erziehung der Kinder ist ja bei weitem schwerer, als zerrissene Sachen zu flicken. Ich bin übrigens bald fertig; nachher gehen wir noch einmal mit unsern Kleinen zur Auffrischung durch den Garten."

Die Tage begannen kürzer zu werden und das Wetter rauh und stürmisch. Im Rosenhaus ging das Leben seinen geregelten Gang. Ika bewältigte die Mehrarbeit gut; ihr gefiel nicht nur die Lohnerhöhung, sondern auch das ganze Treiben in dem früher so stillen Haus.

„Fräulein Julia", sagte sie eines Tages, „es ist doch jetzt mit die Kinder viel lustiger, als früher mit Ihnen allein. Ich hab mir immer so gegrault, wenn ich oft so allein war."

„Ich habe eine gekannt," lachte Julia, „die sich vor all den Kindern graulte und vor der vielen Arbeit."

„Ich wusste nicht, dass die kleinen Fräuleins so helfen. Und dann Wolf, Fräulein Julia, wenn wir den nicht hätten!"

„Ja, Wolf ist ein Segen fürs Haus."

Darin hatte Julia recht. Wolf verstand alles, er war geschickt und hatte einen praktischen Blick. „Wolf" hieß es hier und „Wolf" rief man da. Zerbrochenes Spielzeug machte er ganz, war etwas an den Möbeln verdorben, so brachte er es in Ordnung. Sollten Vorhänge aufgehängt oder Nägel und Haken eingeschlagen werden, so musste Wolf kommen; besonders jetzt, wo die Gartenarbeit ruhte, ließ er sich's angelegen sein, allerlei Schäden im Hause auszubessern. Auch die Kleinen besuchten ihn gern, wenn er abends in seinem Zimmer saß und sein Pfeifchen rauchte. Er konnte so schön aus der Zeit erzählen, da er ein kleiner Bube gewesen war.

Eines Abends hatten Ludwig und sein Schwesterchen wieder mal bei ihm angeklopft. Ludwig mit einem dreibeinigen Pferd, das zerbrochene vierte Bein in der Hand, Gretlein mit einem kranken Püppchen, das den Arm verloren hatte. Sie verfolgten mit Spannung jeden Handgriff, vom Aufsetzen des Leimtiegels auf den warmen Ofen bis zur Genesung des Heilungsbedürftigen.

Karl war zu einem Freund gegangen, Erika begleitete Tante Julia und die Mutter, die Besorgungen in der Stadt machten. Hanna war zur Beaufsichtigung der Kleinen daheim geblieben und benutzte die Zeit, die sie bei Wolf zubrachten, um ihre Schularbeiten zu erledigen.

Es war schon dunkel. Nur die Hängelampe brannte im Kinderzimmer, da klingelte es an der Haustür. Ika eilte aus der Küche herbei. Hanna hörte wohl gedämpftes Sprechen draußen, achtete aber nicht weiter darauf, bis es klopfte.

„Es ist draußen ein recht sonderbarer Mensch. Er sieht wie ein Bettler aus, will aber nichts annehmen. Er will Frau Amtsrichter sprechen."

„Mutter ist nicht da. Haben Sie ihm das nicht gesagt, Ika?"

„Gewiss, Fräulein Hanna, er will aber nicht gehen, er will warten, bis sie kommt."

Da sagte eine Stimme hinter Ika:

„Wenn Fräulein Hanna Böckel hier ist, so ist es noch besser."

Eine ziemlich große, schlanke Jünglingsgestalt drängte Ika, die sich breit in die offene Tür gestellt hatte, zur Seite und schob sich in die Stube.

Hanna, die erschrocken auf die Gestalt gesehen hatte, rief erstaunt: „Julius, wo kommst du her?"

Dann machte sie ein Zeichen zu Ika, dass sie gehen solle, die dann kopfschüttelnd in die Küche zurückging: „Was nur der schäbige Mensch bei Fräulein Hanna will. ‚Du' hat sie zu ihm gesagt! Na, was dazu wohl Fräulein Julia meint?"

Hanna wiederholte mit einem schmerzlichen Ausdruck:

„Julius, wo kommst du her? Wie siehst du aus?"

„Ja, zerrissen und schmutzig und hungrig und frierend."

Sie schob ihm einen Stuhl hin und blickte ihn von oben bis unten entsetzt an. War das ihr Bruder? Konnte das der zarte Junge sein, den sie zuletzt vor zwei Jahren gesehen hatte? Was würde Mutter sagen, die ihn noch gar nicht kannte. Er durfte sich ihr so nicht zeigen, Hanna würde sich seinetwegen in die Erde schämen. Was nur tun? Plötzlich fiel ihr Herr Maß ein.

„Julius, wusstest du eigentlich, dass der Vater wieder geheiratet hat, dass – der gute, liebe Vater bei einem Eisenbahnunglück ums Leben gekommen ist?"

„Das habe ich alles erst jetzt erfahren. Ich war in Neuenburg, wollte den Vater aufsuchen und seine Verzeihung erflehen, da hörte ich, dass er verunglückt und dass seine zweite Frau mit allen Kindern hierher gezogen war. Nach langem Suchen habe ich euch gefunden."

Hanna, die ängstlich nach draußen horchte, dachte wieder, dass sie den Bruder in diesem verwahrlosten Zustand unmöglich der Mutter vorstellen könne. Wenn doch Karl wenigstens zu Hause wäre!

„Unsere zweite Mutter ist sehr gut", begann Hanna wieder, „aber sie würde entsetzt sein, dich so zu sehen."

„Das glaube ich gern", versetzte der Junge mit bitterem Lachen. „Hast du denn nichts zum Anziehen für mich? Hier, die Knie sind durch, die Ellbogen auch, saubere Wäsche habe ich seit Wochen nicht gesehen. Meinst du, dass es mir ein Vergnügen sei, mich so vor Menschen sehen zu lassen. Wenn man aber keinen Pfennig in der Tasche hat und keinen Menschen –"

„Ich bin da", unterbrach ihn Hanna, „komm mit!"

Als sie über den hellen Hausflur gingen, wurde die Küchentür leise geöffnet und Ika guckte ihr nach. „Nun geht sie mit dem Menschen nach oben, was das wohl wird? Wenn doch bloß erst die Schwestern kämen! Was auch mit die Kinder allens ins Haus kommt."

Oben öffnete Hanna die Tür zu Karls Zimmer und ließ Julius dort eintreten: „Setz dich dorthin, ich will sehen, ob ich einige Sachen für dich bekommen kann."

Dann klopfte sie zögernd an Herrn Maß' Tür. Auf sein Herein blieb sie draußen und klopfte noch einmal. Nun kam er selbst und öffnete.

Das Mädchen stand verwirrt da. Das Gesicht, das sonst so freundlich strahlte, war unendlich traurig.

„Fräulein Hanna", rief der Student erschrocken, „es ist Ihnen doch nichts passiert?"

„Sie sprachen heute nach Tisch mit meiner Tante von einem Anzug, den Sie verschenken möchten, darf ich ihn haben?"

Herr Maß sah sie verständnislos an. Da erzählte Hanna ihm in Kürze, dass sie einen unglücklichen Bruder habe, der nun in sehr schlechter Verfassung heimgekehrt sei.

Herr Maß, ganz beglückt, diesem jungen Mädchen, das er in der Stille verehrte, einen Dienst erweisen zu können, und erfreut, dass es ihm Vertrauen schenkte, reichte ihr die Hand. „Von Herzen gern sollen Sie alles haben, was Sie wünschen. Wo ist er?"

Sie betraten Karls Zimmer. „Hier ist mein Bruder." Auf Herrn Maß' Gesicht zeigte sich Mitleid. „Sie Ärmster", sagte er, „da müssen wir schon ein bisschen aushelfen." Er zündete die Lampe auf Karls Arbeitstisch an und sagte zu Hanna: „ Seien Sie unbesorgt, Fräulein Hanna, ich werd's schon machen. Ich hole alles, was wir brauchen, gehen Sie ruhig hinunter. Ich bin ja froh, wenn ich Ihnen einen Gefallen tun kann."

Sich der Kleinen erinnernd, eilte Hanna schnell nach unten. Es war höchste Zeit. Die beiden waren mit ihren geleimten Spielsachen bereits zurück. Ludwig, der gern irgendeine Dummheit ausheckte, war auf den Tisch geklettert und dachte, dem Schwesterchen einen großen Spaß zu bereiten, wenn er die Petroleumlampe ausdrehte.

Statt aber nach links zu drehen, drehte er nach

rechts, so dass die Flamme immer höher brannte und ein dichter Qualm die Luft erfüllte.

Nun fingen sie beide an zu schreien, worauf Ika aus der Küche stürzte. Als sie sah, dass Hanna schon im Kinderzimmer war, kehrte sie um. Im gleichen Augenblick kam Herr Maß die Treppe herunter und bat Ika um einen großen Topf warmen Wassers. Sie beeilte sich, seinen Wunsch zu erfüllen und fragte etwas zu bereitwillig, ob sie das Wasser auch hinauftragen sollte. Aber er lehnte ihre Hilfe zu ihrem großen Leidwesen ab.

Hanna hatte unterdes die Lampe in Ordnung gebracht und die Fenster geöffnet. Nun wartete sie sehnsüchtig auf das Kommen der Mutter. Nach einer geraumen Zeit hörte sie Schritte.

„Ika, kam da jemand?“, rief sie in die Küche.

„Es kam niemand, nur Herr Maß ist mit einem Paket aus dem Haus gegangen.“

Da wusste Hanna, dass er die alten Lumpen beseitigte.

Schon bald kam Herr Maß zurück. Was er heute Abend für ihren Bruder getan, das würde sie ihm so schnell nicht wieder vergessen.

Endlich hörte sie draußen bekannte Stimmen und eilte in den Flur. „Erika, sieh doch nach den Kleinen, ich muss Mutter etwas sagen.“

Nun wandte sie sich an die Mutter:

„Ich möchte dich allein sprechen.“

„Gern, mein Kind. Komm, wir gehen nach oben.“

Julia war schon in die Küche geeilt.

Als sie oben waren, zog Anna die Tochter an sich, deren betrübtes Gesicht ihr Sorge machte. „Nun, mein Kind, was bedrückt dich?“

Da schluchzte Hanna auf: „Mutter, unser Bruder Julius ist plötzlich zurückgekehrt!“

Anna erblasste. Nie hatte sie mit den Kindern von diesem Bruder gesprochen. Sie wusste von ihrem Mann, dass er seinem Vater Kummer bereitet hatte. Der Vater hatte damals vergebliche Nachforschungen angestellt und angenommen, dass er über den Ozean gegangen sei auf Nimmerwiederkehr. Nun war er auf einmal da, der fremde Sohn einer ihm fremden Mutter.

„Wo ist er denn?“

„Er ist ins Karls Zimmer. Gekommen ist er wie ein Bettler, zerrissen und schmutzig. Herr Maß hat mir geholfen, er hat ihm einen Anzug abgetreten, ich glaube auch Wäsche. Soll ich den Bruder holen?“

Die Mutter nickte stumm.

Jetzt erschien ein junger Mann mit mächtigem Haarwuchs und einem klugen Gesicht, in Sachen, die der Student ihm gegeben hatte, die ihm aber viel zu klein waren.

Anna streckte ihm die Hand entgegen. „Wir sind uns fremd und gehören doch zusammen, Julius. Deines Vaters Kinder sind jetzt alle meine Kinder. Sieh mich bitte auch als deine Mutter an.“

Julius ergriff ihre Hand, murmelte ein „Ich danke Ihnen", und setzte sich auf den dargebotenen Stuhl. Anna ließ sich aufs Sofa nieder und bat Hanna, sie jetzt allein zu lassen.

„Sorge dafür, dass uns etwas zu essen gebracht wird, wir werden heute Abend nicht hinunterkommen, mein liebes Kind."

Hanna sah die Mutter dankbar an.

„Meine Schwester ist recht gewachsen", murmelte Julius verlegen.

„Das ist sie", war Annas Antwort. „Sie ist aber auch für ihre Jahre sehr gereift. Das Schwere, was wir erlebt haben, hat großen Einfluss auf ihre innere Entwicklung gehabt. Nun, fasse Vertrauen zu mir, erzähle mir von deinen Irrfahrten und wie du zu dem Entschluss gekommen bist, zurückzukehren."

Der Sechste

Man war schweigsam bei der Abendtafel. Tante Julia saß etwas steifer als gewöhnlich da. Karl und Erika, die von Hanna das Ereignis erfahren hatten, flüsterten leise miteinander; die beiden Kleinen merkten auch, dass etwas nicht so war wie sonst und fragten nach der Mutter. Als sie aber erst ihre vollen Suppenteller vor sich hatten, begannen sie zu löffeln und waren auch ohne die Mutter zufrieden.

Hanna sah verstohlen nach der Tante. Sie hatte ihr den Wunsch der Mutter, oben zu bleiben, mitgeteilt und hinzugefügt, es sei jemand da, der auch gern etwas zu essen hätte.

„Tante Julia", hatte sie geflüstert, „es ist mein ältester Bruder; Mutter wird dir alles erklären."

„Ich weiß es bereits", hatte die Tante ziemlich verdrießlich gesagt, und Hanna hatte zum ersten Mal bemerkt, dass die Nase der Tante sehr groß und spitz war.

Die Tatsache des Besuchs war der Tante allerdings gleich beim Eintritt in die Küche in sehr drastischer Weise von Ika vorgetragen worden, so dass man sich über ihre Nase nicht allzu sehr zu wundern brauchte.

„O Fräulein Julia, hier ist etwas Schönes vorgegangen, als Sie in der Stadt waren. Ein sonderbarer Mensch kam hier an, sehr ruppig und zerrissen, keinen Kragen und gar nichts, kaputte Stiefel und ganz nass –"

„Nun, du hast ihn doch fortgeschickt?"

„Behüte! Fräulein Hanna kam aus dem Kinderzimmer und nannte ihn Julius und du. Und dann gingen sie miteinander nach oben, und ich glaube", jetzt flüsterte sie, „ich glaube, Herr Maß hat ihn frisch eingekleidet, Fräulein Hanna klopfte bei ihm an, er holte nachher Wasser – und dann –"

Dass Julia über diese Schilderung nicht erfreut war, lässt sich denken. Sie ahnte wohl, dass es der verlorene Sohn sei, von dem Anna einmal zu ihr gesprochen, und doch – Ika war noch nicht zu Ende. „Dann, Fräulein Julia, schlich Herr Maß zur Tür hinaus mit einem Bündel, es waren gewiss die zerrissenen Sachen von dem Menschen, die wird er wohl in den Fluss geworfen haben."

Julia schwieg. Ika wusste recht gut, dass sie nicht weiter hätte erzählen dürfen und sah von Zeit zu Zeit nach dem Gesicht ihrer Herrin, ob darauf irgend etwas zu lesen stände. Es blieb aber unergründlich.

Da fing sie noch einmal an. „Herr Maß ist doch ein feiner Mensch. Es ist gut, dass wir ihn haben, nicht wahr, Fräulein?"

Keine Antwort. Julia sagte nur: „Geh jetzt und decke den Tisch, dann klingle zum Abendbrot."

Es ging, wie schon gesagt, sehr still bei der Abendmahlzeit zu. Das Schweigen war so bedrückend, dass

Herr Maß es für seine Pflicht hielt, doch etwas zu sagen.

„Es hat stark geregnet, Fräulein Julia."

„Ja, wir bekamen einen tüchtigen Schauer unterwegs. Waren Sie auch draußen?"

„Ich – ich bin nur einmal durch den Garten gegangen. Der kleine Fluss war sehr angeschwollen."

„Das kenne ich", war Julias Antwort. „In Regenzeiten ist er wie ein Strom, der alles mit sich fortreißt." Während sie dies sagte, musste sie unwillkürlich an das von Herrn Maß fortgebrachte Bündel denken.

Hanna dachte auch daran und war nun ihrer Sache gewiss. Das machte sie froh. Niemand brauchte die Lumpen zu sehen, in denen ihr Bruder aufgetaucht war.

„Oh", rief da Ludwig, „wenn ich nur ein kleines Schiff hätte, das ließe ich auf dem Flüsschen schwimmen."

„Dass du mir in diesen Tagen nur nicht an den Fluss gehst", sagte die Tante mit strenger Stimme. „Sonst fällst du ins Wasser und der Strom reißt dich fort."

„Und Grete auch mit", fügte er getröstet hinzu.

Nach dem Essen ging Hanna mit den Kleinen hinauf, um sie zu Bett zu bringen.

Als sie auf der Treppe stand, kamen Karl und Erika nachgeeilt.

„Wir möchten Julius auch sehen", flüsterten sie.

„Ich weiß nicht", sagte Hanna unschlüssig, „ob wir dürfen."

„Wir klopfen einfach", war Erikas Vorschlag. Und so geschah es.

Ein lautes Herein ermutigte sie zum Eintritt.

„Da sind meine Kleinen", rief die Mutter. „Nein, alle meine Kinder, nun habe ich sechs. Kommt, sagt eurem Bruder Julius guten Tag."

Sie waren ein bisschen verlegen, aber Julius streckte die Hände nach dem jüngsten Schwesterlein aus und sagte: „Kennst du mich noch, Gretlein?"

Sie schüttelte energisch mit dem Kopf und lief zur Mutter.

„Aber ich kenne dich", sagte Ludwig selbstbewusst, „du hast mich immer geschaukelt."

„Richtig, das weiß er noch. Komm einmal her." Ludwig ließ sich ruhig von dem großen Bruder auf den Schoß nehmen und stellte viele Fragen, die Julius nicht beantworten konnte und mochte.

Karl stand hinter Julius und flüsterte: „Wo kommst du eigentlich her?" und „wo hast du so lange gesteckt?", während Erika ihn von allen Seiten aufmerksam betrachtete und leise zu Hanna sagte: „Das sind doch gar nicht seine Sachen? Er hat ja einen Anzug von Herrn Maß an!"

Da sagte die Mutter: „Gretlein ist müde, ich will die Kleinen schlafen legen, ihr Mädchen könnt mir helfen. Karl, du gehst mit Julius in dein Zimmer."

Das Schwerste stand Anna noch bevor, die Unterredung mit der Schwester. Konnte sie es ihr zumuten, auch diesen Sohn noch in ihr Haus aufzunehmen? Und doch – von sich stoßen würde sie ihn nicht.

Als die Kleinen zur Ruhe waren, traf sie die Schwester in ihrem kleinen Eckzimmer.

„Julia“, begann Anna zaghaft, „du hast wohl schon von der neuen Einquartierung gehört?“

„Leider Gottes. Es ist kein angenehmer Zuwachs für die Familie –“

„Aber doch auch sein Sohn.“

„Natürlich auch sein Sohn. Daran dachte ich eben, als du kamst. Da stand mir der Schwager so lebendig vor Augen, wie er mir die Hand zum Abschied reichte, mich so eigen ansah und mich um ewige Freundschaft bat für sich und seine Kinder. Dieser Junge ist auch sein Kind und also auch meiner Freundschaft gewiss. Kurz und gut, er ist dein Sohn, Anna, und ich habe mein Haus geöffnet für dich und alle deine Kinder. Abgemacht! Wir haben uns versprochen, Freude und Leid miteinander zu teilen. Wird es uns beiden schwer, ihn in unserer Familie zu behalten, dann ist er trotzdem von Gott geschickt.“

Anna war sehr gerührt und ahnte nicht, dass Julia sich nach Ikas Beschreibung ein grässliches Bild von dem neuen Insassen des Hauses machte, sonst hätte sie ihr den ältesten Sohn sofort vorgestellt, was gewiss zu Julias Beruhigung beigetragen hätte.

„Ich darf dir wohl alles, was ich eben von Julius gehört habe, mitteilen. Ich glaube, dass er sein Tun von Herzen bereut."

Julia seufzte: „Gott geb's." Nach einer Weile fragte sie: „Was hat er damals gemacht?"

„Du weißt", begann Anna, „dass in Neuenburg kein Gymnasium ist. Julius wurde also in die nächste größere Stadt auf die Schule geschickt und bei einer Familie untergebracht, die meinem Mann empfohlen worden war. Sie hat sich jedoch wenig um ihn gekümmert. Er ist immer seine eigenen Wege gegangen und in schlechte Gesellschaft geraten, kurz und gut, er ist zum Schuldenmachen verleitet worden. Später hat ihn die Angst vor der Strenge des Vaters veranlasst fortzugehen.

Er hat schon immer einen unwiderstehlichen Trieb in die Ferne gehabt und sich eingebildet, ohne weiteres nach Amerika zu kommen. Aber kein Schiff hat ihn ohne Papiere genommen. Es gelang ihm zwar, sich auf einem Dampfer zu verstecken. Er wurde jedoch entdeckt, in England abgesetzt und mit einem andern Schiff zurückbefördert. Nun wäre es an der Zeit gewesen umzukehren, aber eine falsche Scham hielt ihn zurück. Lange Zeit konnte er sich nirgends halten, da er keine Ausweise besaß. Im Sommer hat er auf den Dörfern und Gütern Arbeit gesucht und auch gefunden, im Winter hat er, von einer Stadt zur anderen wandernd, sich mit irgendwelchen Arbeiten sein Geld verdient.

Da, zu Beginn des letzten Herbstes, fühlte er sich krank und elend, konnte nicht mehr arbeiten und lag in einem Dorf, fern von der Heimat. Der Pfarrer des Ortes wurde gerufen. Der nahm ihn in sein Haus, pflegte ihn und riet ihm anschließend, zu seinem Vater zurückzukehren; er gab ihm das Reisegeld und kleidete ihn auch ein.

Als Julius an einem Abend spät in Neuenburg ankam, ging er mit Bangen in das väterliche Haus. Ein fremdes Mädchen öffnete und starrte den Unbekannten an. Aus ihrem Munde hörte er, dass sein Vater bei einem Eisenbahnunglück umgekommen und seine Witwe mit ihren Kindern nach hier gezogen war. Darauf wurde die Tür geschlossen und Julius hat, am ganzen Leibe zitternd, das Haus verlassen.

Es ist eine mondhelle Nacht gewesen, er hat sich unter einen Baum geworfen und laut geweint und geschluchzt. Was nun? Vor Bekannten wollte er sich nicht sehen lassen, das Geld war fast aufgebraucht, er ist der Verzweiflung nahe gewesen. Da ist er auf seine Knie gesunken und hat zu Gott dem Herrn gefleht, er möge ihm helfen, seine Geschwister wieder zu finden. Er möge das Herz der zweiten Mutter lenken, dass sie ihn nicht von sich stoße.

Julius hat unter dem Sternenhimmel Gott gelobt, ein anderer Mensch zu werden. Dann hat er sich aufgemacht, ist von Ort zu Ort gewandert, hier ein wenig arbeitend, dort ein wenig bettelnd. Oft hat er die Nächte in einem Schuppen zugebracht, bis er endlich hier ankam. Das in den letzten Tage anhaltende Regenwetter durchweichte seine Kleider, die Stiefel waren zerrissen. Nun, er kam zufällig von dieser Seite in die Stadt und fragte den ersten besten, ob er eine Familie Böckel kenne. Der hat den Kopf geschüttelt und ein Mädchen herbeigerufen. Das wusste gleich Bescheid: ‚Da drüben im Rosenhaus ist eine Frau Amtsrichter Böckel mit Kindern eingezogen, aber zu der wollen Sie doch wohl nicht?'

Natürlich ist er sehr froh gewesen, uns so bald gefunden zu haben. Das andere weißt du, Julia, nun sage, müssen wir uns seiner nicht annehmen?"

Julia antwortete leise: „Gott hat ihn uns vor die Tür gelegt; ich habe dir schon vorhin gesagt: Deine Sorgen sind meine Sorgen, wir tragen alles zusammen, Freude und Leid."

Dann erhob sie sich energisch und sagte: „Es muss nun zunächst für den jungen Mann Platz gesucht werden."

Anna meinte, die beiden Brüder könnten doch ein Zimmer zusammen haben. Dem widersprach Julia energisch: „Wir kennen Julius nicht; Karl ist ein stiller, fleißiger Knabe, es ist besser, jeder hat sein Reich für sich."

Anna gab der Schwester recht. Sie wusste bis jetzt nicht, was aus Julius werden sollte. Vielleicht war sein Hiersein nur von kurzer Dauer.

Nun überlegten die Schwestern, wo sie den Ältesten unterbringen könnten. Oben war noch ein Raum unbelegt. Die Tapeten hingen allerdings zum Teil von der Wand. Aber eine Bettstelle war da, und das war vorderhand die Hauptsache.

„Ich werde selbst ein wenig Ordnung schaffen“, rief Anna eifrig. „Ich glaube, Ika ist schon zu Bett, sie braucht auch nichts zu merken.“

Julia lächelte. Als ob Ika nicht längst alles gemerkt hätte! Anna eilte in gewohnter Schnelligkeit hinunter, um Besen und Eimer zu holen. Doch in der Küche brannte noch Licht, und Ika stand mit Scheuereimer und Besen bereit und fragte: „Soll ich kommen, Frau Amtsrichter?“

„Was willst du denn?“

„Ich kann mir doch denken, dass ich noch etwas in Ordnung bringen muss. Ich hab ihn ja hereingelassen, und wer bei uns hereinkommt, den lässt das Fräulein nicht wieder hinaus.“

Anna legte die Hand auf Ikas Schulter. „Ika, du bist ein treues und sehr verständiges Mädchen. Trage nicht alles aus dem Haus, was du gesehen hast. Der junge Mann ist mein ältester Stiefsohn. Er ist eine Zeitlang Irrwege gegangen, aber Gott hat ihn nicht verlassen, so wollen wir ihn nun auch nicht verlassen.“

„Das würde die Großmutter auch gesagt haben“, versicherte Ika treuherzig. „Und darauf können Sie sich verlassen, ich trage nichts aus dem Haus, was nicht hinaus soll.“

„Das ist brav, Ika. Nun komm, wenn du einmal noch auf bist."

Julia stand schon erwartungsvoll an der Tür und ordnete das Notwendigste an, das Einrichten sollte am folgenden Tag geschehen.

Dann ging man in Karls Zimmer. Es herrschte völlige Dunkelheit und ein lautes Atmen verriet, dass der Knabe bereits schlief.

„Es war auch höchste Zeit", sagte Anna ruhig, „wo ist aber der Junge?"

Julia, die bei Herrn Maß sprechen hörte, betrat das Zimmer des Studenten, der mit Julius an seinem Arbeitstisch saß. – Als sie Geräusche an der Tür vernahmen, sprangen beide auf. Julius blieb verlegen am Tisch stehen, während der Student auf die Schwester zukam und um Entschuldigung bat, dass er den jungen Mann in sein Zimmer genommen hatte.

Die Tante winkte ab und ging auf Julius zu.

„Seien Sie uns willkommen. Ich hoffe, Sie werden ein würdiger Bewohner des Rosenhauses sein, ein guter Sohn meiner Schwester und ein Vorbild Ihrer jüngeren Geschwister", worauf Julius der ihm fremden Dame eine Verbeugung machte und leise sagte: „Ich hoffe es."

Da ergriff Anna das Wort. „Julius, dies ist meine Schwester, die Wohltäterin unserer Familie. Sie hat Anspruch auf deine Verehrung –"

„Anspruch", fiel Julia ein, „nur auf Tantenrechte,

junger Mann. Um Ihrer Eltern willen nehme ich sie alle bei mir auf. Sie sind fortan Neffe Julius für mich, und ich bin Tante Julia für Sie." Sie streckte ihm die Hand hin.

Liebe und Fürsorge

Der andere Tag brachte Sonnenschein und mildes Wetter. Was gestern Abend im Regen und in der Dunkelheit geschehen, sah jetzt, im hellen Licht des Tages, ganz anders aus.

Julia bemerkte, dass der neue Neffe, der sauber und frisch heruntergekommen war, nicht nur ein kluges, sondern auch ein anziehendes Gesicht hatte. Es trug allerdings Spuren schwerer Erlebnisse; ein wehmütiger Zug lag um den Mund; die Augen, die an die des Vaters erinnerten, sahen übernächtigt aus. Als Julia ihn fragte:

„Nun, hast du gut geschlafen in der neuen Heimat?", war die Antwort: „Das Bett war herrlich, daran hat es nicht gelegen, dass ich nicht schlafen konnte. Es gab so viel zu verarbeiten. Den Tod meines Vaters kann ich immer noch nicht verwinden, ich hätte ihn so gern wieder gesehen, ihm so vieles sagen mögen."

Allmählich kamen auch die andern Geschwister zum Vorschein; man versammelte sich immer um sieben Uhr zum Kaffee in der großen Essstube, und als zuletzt die Mutter mit den beiden Kleinen erschien, wurde Milch und Kaffee eingeschenkt und ein großer Korb mit Semmeln herumgereicht.

Julia blickte mit herzlichem Mitleid auf den lang aufgeschossenen Jungen, der neben ihr saß. Er sah in der geborgten Kleidung komisch aus, alles war zu eng und zu kurz. Er merkte, dass die Tante seinen Anzug musterte und begann, an den Ärmeln zu zupfen, aber sie wollten nicht länger werden, und er wurde ganz verlegen. Julia war froh, dass der Dicke ihm nicht gegenübersaß, der würde unzweifelhaft eine Bemerkung gemacht haben. Rat und Hilfe mussten bald geschaffen werden, aber wie? Anna hatte wohl dieselben Gedanken, denn sie sah ihren armen Jungen voll Bedauern an.

Nach dem Frühstück las Anna eine kurze Morgenandacht, dann wurden die Schulkinder mit einem „Behüt' euch Gott" entlassen. „So, Julius", sagte Anna, „nun wollen wir erst einmal an deine leiblichen Bedürfnisse denken, so kannst du dich ja nirgends sehen lassen. Es sind noch Sachen vom Vater da, die müssen aber erst noch geändert werden –"

„Und so lange soll der junge Mann hier gefangen sitzen, bis es Meister Ollendorf gefällt, die Sachen fertig zu machen? Nein, Anna, das geht nicht", warf Julia eifrig dazwischen. „Wir wollen aus dem Konfektionshaus Bauer eine Auswahl kommen lassen. Julius probiert an, und was uns und ihm am besten gefällt, wird gekauft."

Schon nach einer Stunde kam ein junger Verkäufer mit einem großen Karton, aus dem bald ein passender Anzug gefunden wurde. Es waren noch kleine Änderungen nötig, aber am Abend war der junge Mann frisch eingekleidet.

Das Recht des Bezahlens nahm Julia für sich in Anspruch. „Ich habe noch eine besondere Kasse, zudem habe ich in diesem Jahr mehr Obst verkauft als sonst", meinte sie. „Du hast in letzter Zeit viel für die Kinder ausgegeben, dies überlässt du mir. Jetzt kannst du aus dem Nachlass deines Mannes noch etwas herrichten lassen, an einem Anzug hat er doch nicht genug."

Dies veranlasste Anna zu dem Ausruf: „Du bist immer die Gebende, ich die Nehmende. Werde ich es dir je vergelten können?"

„Denke nur, wie du und deine Kinder mein sonst freudloses Dasein durch eure Gegenwart erhellen, das ist mir Dank genug."

Die Sorge für die leiblichen Bedürfnisse des Heimgekehrten war wohl groß, aber bei weitem nicht die größte. Was sollte aus ihm werden, welchen Beruf sollte der achtzehnjährige junge Mann ergreifen? Als Anna darüber mit ihm sprach, merkte sie bald, dass es Julius' größter Wunsch war, noch das Abitur zu machen und zu studieren.

„Ich habe bitter bereut, was ich in meinem Unverstand damals tat."

„Das ist alles gut und schön, aber das Studieren kostet Geld. Du hast viele Geschwister, die etwas lernen sollen. Die Tante tut ja alles für uns, aber zum Studium reicht es wohl nicht."

„Ich verdiene es auch nicht – sonst – Mühe wollte ich mir wohl geben", versetzte Julius traurig.

„Wenn doch dein Vater noch lebte“, seufzte Anna, „er würde Rat wissen, aber ich will noch heute ins Pastorat und dort die Sache einmal durchsprechen. Wie weit bist du eigentlich gekommen?“

„Ich besuchte noch ein halbes Jahr die Unterprima.“

* * *

Anna begab sich um die Mittagszeit ins Pfarrhaus. Mit bedrückter Miene betrat sie die Studierstube des Hausherrn, der gleich merkte, dass eine Sorge auf ihrem Herzen lastete. Anna erzählte ihm ausführlich die Erlebnisse der letzten Tage.

„Sie haben mir nie gesagt, dass noch ein Sohn da ist.“

„Mein Mann sprach nicht gern davon, zumal er diesen großen Kummer kurz vor unserer Verlobung erleben musste. Ich glaubte, Julius sei verschollen, und wir würden nie wieder von ihm hören.“

„Hat Ihr Gatte keine Nachforschungen anstellen lassen?“

„Gewiss, aber ohne Erfolg. Da der Junge mir ganz fremd war, habe ich wenig an ihn gedacht.“

„Ich begreife das. Doch nun wollen wir überlegen, was geschehen kann; es ist wichtig, dass der junge Mann gleich eine Aufgabe sieht.“

Nach längerem Beraten machte der Pfarrer das

Anerbieten, ihn zunächst in den Hauptfächern zu unterrichten.

„Wenn es sein ernster Wille ist, die Schule durchzumachen, muss er den Winter hindurch tüchtig arbeiten, so dass er Ostern in die Oberprima aufgenommen werden kann", war sein Vorschlag. „Jedenfalls muss ich den jungen Mann aber sehen und prüfen, erst dann lässt sich sagen, ob er noch fürs Gymnasium taugt. Bestimmt wird er in den letzten zwei Jahren viel vergessen haben."

„Es ist eine schwere Aufgabe. Aber ich habe Mut, sie mit Gottes Hilfe zu erfüllen. Es ist eine Arbeit, die mir im Andenken des seligen Vaters der Kinder nie schwer fallen soll!" Bei diesen Worten blitzten in ihren Augen wieder die alte Tatkraft und Entschlossenheit auf, die der Pfarrer in letzter Zeit so sehr an ihr vermisst hatte.

Am Abend schickte Anna ihren Ältesten ins Pfarrhaus; mit Spannung erwartete sie seine Rückkehr. Endlich kam er, freudig erregt.

„Mutter", rief er, es war das erste Mal, dass er sie bei diesem Namen nannte, „man war mit meinem Wissen zufrieden und hofft, mich zu Ostern bis zur Oberprima zu bringen."

Als er dies sagte, glänzten seine Augen, und Anna fand, dass er in diesem Augenblick große Ähnlichkeit mit seinem Vater hatte. „Ich werde arbeiten, Mutter, arbeiten und arbeiten."

Und er hielt Wort.

„Der junge Herr“, so nannte Ika ihn von dem Tage an, da er in dem neuen Anzug steckte, „der junge Herr arbeitet so, dass ihm die Haare kerzengerade in die Höhe stehen.“

Hanna, deren Lieblingsbruder er früher gewesen, war immer noch zurückhaltend; sie konnte den ersten Eindruck nicht verwinden. Auch hatte sie damals mehr von den bösen Geschichten gehört als die anderen.

Erika dagegen schien sehr beglückt, dass der große Bruder wieder da war. Seine stattliche Erscheinung zog sie an, sie ging gern mit ihm durch den Garten, wobei sie sich über alles Mögliche unterhielten.

Eines Tages musste der Pfarrer eine Stunde, die er Julius erteilte, verlegen, und bat Hanna, dies ihrem Bruder zu bestellen. Sie richtete ihm die Nachricht kurz aus und wollte schon wieder gehen, da hielt er sie zurück.

„Hanna“, sagte er, „wir waren doch früher gute Freunde. Jetzt fliehst du meine Nähe, und bist du einmal mit mir zusammen, sprichst du fast gar nichts. Musst du mir deine Verachtung immer noch zeigen?“

Da fiel sie ihm um den Hals.

„Ich habe so viel deinetwegen gelitten, Julius, ich habe immer und immer an dich gedacht, am allermeisten, als unser Vater so plötzlich von uns genommen wurde. Ich habe auch jeden Abend zu Gott gebetet, er solle dich wieder zu uns bringen. Aber dass du so kommen würdest, habe ich nicht erwartet."

„Lass dir mal von Mutter erzählen, was ich alles durchgemacht habe. Sie, die mir bis jetzt fremd war, hat mehr Vertrauen zu mir als meine leibliche Schwester; sie glaubt, dass meine Reue aufrichtig ist, aber du scheinst mich für einen Heuchler zu halten."

„Nein, nein", wehrte sie ab. „Ich will's ja gern glauben, dass du anders geworden bist. Aber ich hatte so große Angst, du könntest die neue Mutter und die Tante Julia wieder betrüben. Aber ich will nun anders denken. Ich will fest auf dich vertrauen."

„Nun, du wirst es sehen. Es wäre erbärmlich von mir, wollte ich meinen Geschwistern abermals ein schlechtes Beispiel geben. Meine Strafe ist hart genug gewesen. Ich leide mehr darunter, als ihr alle ahnt. Was ich durchgemacht habe, als ich Vaters Tod erfuhr, das kann niemand ermessen. Ich wollte dich schon immer bitten, mir von ihm zu erzählen, aber du warst so unnahbar –"

Die Geschwister, die sich früher so nahe standen, hatten sich wieder gefunden, niemand war froher darüber als die Mutter, die sehr wohl bemerkt hatte, dass da etwas nicht stimmte. Hanna hatte ein feines Gefühl und trug an allem viel schwerer als Erika, die die Dinge leichter nahm und nach der Mutter Ansicht einmal besser durch die Welt kommen würde als Hanna.

* * *

So wuchs die Familie wieder fest zusammen, und Frohsinn und Heiterkeit herrschte im Geschwisterkreis. Gemütlich gestalteten sich die Winterabende, wenn sich alles im Saal, dem jetzigen Kinderzimmer, zusammenfand. Eine Stunde vor dem Abendessen, so hatte die Mutter gewünscht, wollte sie mit allen Kindern dort sein. Dann besprach sie mit den größeren die Schulaufgaben, ließ sich die Hefte zeigen, gab hier und da Ratschläge, oder sie spielte mit den Kindern. Julius machte sich im ganzen Hause durch ein freundliches, gefälliges Wesen beliebt, was Tante Julia oft rühmend anerkannte.

Herr Maß verkehrte frei und ungezwungen mit den Söhnen des Hauses. Karl konnte ohne ihn gar nicht fertig werden, und für Julius wurde er ein guter Halt.

Der Junge, der jetzt das Gute wollte, konnte sich im Verkehr mit dem gereiften Studenten innerlich festigen und stärken. So wurde der arme Student, den Julia damals in ihr leeres Haus nahm, den Kindern zum Segen und trug viel dazu bei, den beiden Schwestern ihre Aufgabe zu erleichtern.

Dass Julius bis Ostern täglich im Pfarrhaus aus und ein gehen konnte, war für ihn eine treffliche Vorbereitung für die oberste Klasse des Gymnasiums. Nicht nur, dass er ihn in den wissenschaftlichen Fächern unterrichtete, der Pfarrer gab ihm auch manche gute Hinweise für die Zeit, da er in die Prima eintreten würde. „Es ist ganz anders, als wenn Sie mit denselben Schülern alle Klassen durchgemacht haben, junger Freund. Man wird Ihnen anfangs mit Misstrauen begegnen. Da gilt es, sich von vornherein nicht beirren zu lassen."

Für Hanna und Erika war der Winter, da sie beide auf die Konfirmation vorbereitet wurden, sehr still.

So ging alles im Rosenhaus seinen guten Gang. Es herrschte Fleiß und Ordnung, jeder bemühte sich, seinen Pflichten treu nachzukommen. Julia hatte die Befriedigung, dass sie ihr Haus gefüllt hatte, ohne die Bedingungen des Testaments zu verletzen. Freilich musste sie manche Unruhe ertragen, an die sie nicht gewöhnt war, aber das Interesse, das sie an den Fortschritten und kleinen Erlebnissen der Kinder nahm, die Liebe zur Schwester, der sie ihre Lage wesentlich erleichterte, ließ sie alle Unruhe freudig ertragen.

Herr Maß als Retter

„Ika, du machst ja neuerdings einen großartigen Staat", sagte Julia eines Sonntags, als Ika gerade ausgehen wollte. Eine bunte Bluse, ein roter Rock, dazu ein riesiger Hut, der auf dem Kopf hin und her schwankte, und lange, weiße Handschuhe dazu, ein farbenfroher Aufzug.

„Ich erzähle Ihnen alles heute Abend, Fräulein. Sie werden sich noch wundern, wenn ich wiederkomme."

Julia hob warnend den Finger. „Lass dich nicht verführen, Ika."

„Seien Sie ganz beruhigt, Fräulein."

Julia sah ihr aber kopfschüttelnd nach.

Es war wieder Sommer geworden. Die Rosen blühten und dufteten schöner als je. Im Garten tummelte sich eine fröhliche Kinderschar. Gretchen hatte Geburtstag und ihre kleinen Freundinnen einladen dürfen. Hanna und Erika, nun beide konfirmiert, spielten mit den Kleinen, auch Ruth hatte sich dazugesellt, Julius, nunmehr Oberprimaner, ging mit Herrn Maß im Laubengang des Gartens auf und ab. Sie schienen ein ernstes Gespräch zu haben. Karl aber stand abseits von der Mädchenschar und sah sehnsüchtig ihrem Spiel zu. Ludwig, der Kleine, hatte nichts Entwürdigendes darin gesehen, mitzuspielen. Während Karl noch darüber nachzudenken schien, ob es ihm, als Obertertianer, anstehe, sich mit kleinen Mädchen im Kreise zu drehen, rief Erika: „Nur schnell herbei, Karl, was stehst du da wie eine Bildsäule, komm doch endlich." Da war er mitten unter ihnen, und Anna und Julia, die vor dem Haus saßen, freuten sich an der Fröhlichkeit der Jugend.

Von Anna war allmählich der schwere Druck gewichen, der seit dem Tod ihres Mannes auf ihr lag. Sie begann wieder die Flügel zu regen und sie konnte mit Hoffnung und Zuversicht in die Zukunft blicken. Gestern hatte sie eine besondere Freude gehabt; Julius, der Ostern in die Oberprima aufgenommen wurde, erwies sich nicht nur als ein besonders begabter und fleißiger Schüler, sondern man hatte ihr auch erzählt, dass die Lehrer sein Betragen sehr rühmten.

Sie wusste nun, auch er war ihres Vertrauens würdig, und blickte auf die blühende Kinderschar und freute sich.

„Meine liebe Anna", sagte Julia herzlich, „eins drückt mich. Du kommst so wenig hinaus, dein Geist bedarf der Anregung, du hattest früher an so manchem teilgenommen, solltest du nicht versuchen, etwas von dem wieder aufzunehmen?"

„Meine Pflichten liegen jetzt hier", sie zeigte auf ihre Kinder. „Ihre Erziehung ist mein mir von Gott verliehener Beruf, den ich nie treu genug erfüllen kann. Aber ich will mit meinen Kindern auch andern Pflichten obliegen. Du weißt, dass ich sie für Kunst und Musik zu interessieren versuche, ich denke, ich richte nun auch noch für meine Mädchen und für andere, die sich beteiligen mögen, einen Malkursus ein. Ich werde auch mit ihnen in die Museen gehen, damit sie die Werke berühmter Meister kennen lernen. Und dazu die Musik. Die Hauptsache aber ist und bleibt, dass ich sie dem Heiland zuführe, und dass sie Gottes Wort zur Regel und Richtschnur ihres Lebens machen."

Hanna war seit Ostern ganz aus der Schule und musste tüchtig überall mithelfen. Sie hatte Lust zur Wirtschaft, und die Hilfe kam der Tante sehr gelegen. Erika würde nun bald das Lehrerinnenseminar besuchen.

Die Schwestern sprachen von den Kindern und machten Zukunftspläne, da kamen die drei jugendlichen Gestalten der Mädchen angesprungen.

„Jetzt wollen wir für die kleinen Festgäste das Abendbrot richten", riefen sie fröhlich.

„Ika ist nicht da, wir besorgen es allein, Tante, du bleibst ruhig sitzen", sagte Hanna.

„Ika will sich verloben", lachte Erika. „Sie hatte es heute sehr wichtig mit ihrer Kleidung."

„Dummes Zeug", sagte Julia. „Ika hat schon einen Verehrer."

„Der ist aber sehr weit weg", meinte Erika. „Ika sagt, mit dem ist es vorbei, sie könne einen Besseren bekommen."

„Ach, Ika redet dumm; sie sollte nicht mit euch so etwas schwatzen“, grollte Julia.

Die Mädchen waren schon im Haus verschwunden. Unter Lachen und Scherzen deckten sie den Tisch im Esszimmer.

Als sie wieder herauskamen, spielten die Großen mit den Kleinen. Das war ein Vergnügen! Erst auf Tante Julias energisches Klingeln kam die Gesellschaft ins Haus.

„Wenn die gnädige Frau sähe, was in ihrem Rosenhaus vorgeht“, äußerte Julia zu der Schwester.

„Ich denke, sie würde sich freuen“, meinte Anna. „Sie hat viele Jahre in größter Einsamkeit verbracht, und als sie leidend wurde, hat sie fast niemand mehr gesehen.“

„Und du bist mit ihr einsam geworden, und jetzt ist der Tumult so groß, dass ich oft für deine Nerven fürchte –“

„Sei ohne Sorge, Anna, Nerven sind nicht vorhanden.“

* * *

Es war spät am Abend. Die Kinder waren längst zur Ruhe gegangen, auch Anna war schon oben, da hörte Julia ihr Mädchen kommen. Ika huschte schnell nach oben, als fürchte sie, noch gefragt zu werden. Sie hatte Licht in Julias Stube gesehen und wusste, dass das Fräulein auf sie wartete.

„Ika", rief sie laut nach oben. Keine Antwort. „„Ludovika", ertönte es mit kräftiger Stimme. Da knarrte die Tür, langsam erschien sie, der Hut war schon abgenommen, die hohe Frisur fiel vornüber auf die Stirn. Ihr bunter Aufzug bildete einen sonderbaren Gegensatz zu ihrer sonstigen einfachen Kleidung, wie Julia sie liebte.

„Komm doch herein, Kind, ich möchte mit dir reden. Du sagtest beim Fortgehen, ich solle heute Abend etwas erfahren. Sage mir, was ist es."

„Gar nichts nicht. Es ist allens aus."

„Du hattest also doch ein anderes Verhältnis angeknüpft; ich denke, dein Verlobter ist in Italien?"

„Das is er auch. Aber er muss bei die alten Herrschaften bleiben, bis sie tot sind. Und sie sterben ja nich. Es dauert mich zu lange."

„Hattest du ihm nicht Treue gelobt?"

„Wir hatten uns richtig verlobt. Meine Mutter weiß es."

„Und dann wolltest du ihm untreu werden?"

„Ich wollt' ihm abschreiben, weil es mich zu lange dauert."

„Ika, Ika, nennt man das Treue?"

„Ja, wenn dieser nicht gekommen wäre und hätte gesagt, er hätte mir furchtbar lieb, viel lieber als der in Florenz, dann hätt' ich auch noch nich drauf gehört. Aber er sagte, er hätte viel Geld und wollte sich ein kleines Gut kaufen; aber nu ist allens nicht wahr, und Brauten hat er schon zwei gehabt, und jetzt hat er noch eine andere, mit die er auch geht, nu will ich ihm nicht."

„Es ist überhaupt unrecht gewesen, dich mit ihm einzulassen, da du einem andern das Wort gegeben hast."

„Ja, wenn er nur bald wiederkäme. Die andern Mädchens haben alle einen, und ich muss immer so hinterdrein gehen."

„Magst du denn gar nicht mehr im Rosenhaus sein, dass du durchaus heiraten willst?"

„Zu gern bin ich hier. Es ist ja jetzt viel lustiger als früher, und die jungen Fräuleins helfen mit. Auch die jungen Herren greifen alle mit an, nee, es ist viel schöner als mit Fräulein Julia allein."

Die Tante lächelte und dachte: ein schönes Kompliment für mich. Sie sagte: „Nun, Ika, zieh deine bunten Kleider aus und leg dich schlafen. Und dann diene fröhlich weiter, bis dein Storm aus Italien wiederkehrt und dich heimführt. Du bist noch jung genug und kannst warten."

Am andern Morgen kam Ika freudestrahlend an. „Eine Karte von Storm, er is nich mehr in Florenz, er ist mit dem alten Herrn in Neapel, und ich soll ja auf ihn warten; kommen und heiraten tut er mir, das is gewiss."

„Nun, da lass dir nichts mehr von andern vorreden."

Julia war froh, dass diese Episode vorbei war; sie hätte jetzt an keinen Wechsel denken mögen. Das

Mädchen war aufrichtig und ehrlich, fleißig und tüchtig. Doch war es Julia in letzter Zeit aufgefallen, wie zerstreut sie war. Die Nachbarmädchen hatten sie aufgehetzt, hatten sie verlacht, weil sie auf einen jungen Mann wartete, der im Ausland war, und hatten ihr vorgeredet, der habe längst eine andere Braut; in Italien wären die Mädchen zehnmal hübscher als sie mit ihren gelben Haaren.

Nun aber war Ika getröstet. Was das Fräulein sagte, das war für sie maßgebend. Wenn sie meinte, sie könne noch warten, dann wolle sie es auch, und einem treu bleiben sei doch immerhin das Beste.

Am Nachmittag des gleichen Tages saß Hanna mit einer Handarbeit vor der Haustür und beaufsichtigte die Kleinen, die miteinander im Garten spielten. Die drei größeren Geschwister machten mit der Mutter und Tante Julia einen weiten Spaziergang; sie war mit Ludwig und Gretchen allein zu Hause. Die Kinder hatten bis dahin ruhig gespielt. Wenn sie von der Arbeit aufblickte, sah sie die beiden kleine Kieselsteine aus den Wegen sammeln und sie in eine Ecke tragen, wo sie ein kleines Beet damit einrahmten. Sie merkte nicht, dass sie plötzlich ihren Augen entschwanden. Erst als Ludwig um die Hausecke kam und rief: „Hanna, komm ganz schnell, Grete kann gar nicht wieder herunter“, da sprang sie auf und rief:

„Wo ist sie denn?“

„Sie ist ganz oben auf der Leiter!“

Erschrocken lief Hanna um die Hausecke. Da stand an dem breiten Hausgiebel die hohe Leiter, die Wolf am Morgen benutzt hatte, um die Rosen auszuschneiden, und Grete, das waghalsige kleine Ding, stand hoch oben und begann zu weinen. Zum Hinuntersteigen fehlte ihr der Mut. Ja, was nun? Hanna konnte ihr so hoch nicht folgen und sie holen, da wären sie alle beide gefallen.

„Komm ganz sachte herunter, Gretchen", rief sie mit lockend freundlicher Stimme.

„Ich kann nicht", kam es weinerlich zurück.

„Wenn doch die Brüder da wären!", seufzte Hanna da. In diesem Augenblick bemerkte sie, dass die Leiter gerade bis zu Herrn Maß' Zimmer hinaufreichte. Das Fenster aber war geschlossen. Schüchtern begann sie zu rufen:

„Herr Maß!" Und noch einmal etwas lauter. „Herr Maß!" Nichts regte sich; er war gewiss auch nicht da!

Und doch war er da. Er hörte wohl einen schwachen Ruf, wusste aber nicht, dass er gemeint war. Da erscholl noch einmal laut und ängstlich der Ruf: „Herr Maß, helfen Sie uns doch!" Und zugleich brüllte Ludwig: „Herr Maß, Grete fällt von der Leiter!" Das Fenster aufreißen und hinausschauen war das Werk eines Augenblicks.

Da stand das Kind hoch oben auf der Leiter und weinte. Ängstlich klammerte es sich mit den Händchen an die oberste Sprosse und schaute flehentlich zu ihm auf. Er konnte es so nicht erreichen; wenn es noch eine Sprosse höher stieg, dann würde es gehen.

„Grete“, sagte er freundlich, „komm, setze die Füßchen auf diese Sprosse, dann hole ich dich zum Fenster herein.“

„Ich kann nicht“, rief sie zitternd.

Er holte schnell ein schönes Bild. „Sieh, das will ich dir zeigen; ich erzähle dir eine schöne Geschichte von den Kindern, die darauf sind.“

Gretes Interesse war geweckt und die Angst vergessen. Ehe sie's selbst gedacht, kletterten die Füßchen noch eine Sprosse höher. Und schon hatte der Student zugegriffen und sie in sein Fenster gehoben.

Hanna eilte nach oben, um ihr Schwesterchen zu holen.

„Hier haben Sie den kleinen Wildfang.“

„Ich danke Ihnen sehr, Herr Maß, Sie haben mir wieder einmal geholfen.“ Sie hielt ihm die Hand hin. Er fühlte die kleine weiche Hand in der seinen und hätte sie gern ein wenig gedrückt. Er konnte jedoch nicht unterlassen zu sagen: „Fräulein Hanna, glauben Sie mir, es macht mich glücklich, wenn ich etwas für Sie tun kann.“

Dann begleitete er sie nach unten; Hanna schien es ganz in Ordnung zu finden. Sie sah ihn unbefangen an und sagte: „Ich glaube, der Ludwig ist schuld; er verführt Gretchen oft zu dummen Streichen –“

„Ja“, fiel Gretchen ein, „er sagte, ich sollte ganz hoch hinaufklettern und bei Herrn Maß ans Fenster klopfen; aber ich konnte nicht weiter.“

„Du musst nicht alles tun, was Ludwig sagt“, ermahnte Hanna und, zu Herrn Maß gewendet, bat sie, den Ludwig einmal tüchtig durchzuwalken.

Aber wo war der Dicke? Nirgends zu finden. Das böse Gewissen hatte ihn wahrscheinlich fortgetrieben.

Da sahen sie Ika, die unten im Garten gearbeitet hatte, mit dem Jungen heraufkommen. Sie hatte ihn an der Hand und sagte: „Er muss umgezogen werden; er ist mit die Füße ins Wasser gewesen und hat sich Binsen geholt.“

Herr Maß hielt ihm eine ernste Strafpredigt; aber die Mutter hielt es, als sie nach Hause kam, für nötig, dieser Strafrede noch eine tüchtige Tracht Prügel beizufügen.

Hanna stand nun im achtzehnten Lebensjahr. Sie hatte sich lieblich entwickelt, war schlank und groß; ihr feines Gesicht war von goldblondem Haar umrahmt, die tiefblauen Augen hatten einen Glanz und eine Klarheit, dass man meinte, in ihnen den Grund der Seele erforschen zu können. War's dem angehenden Kandidaten zu verargen, dass er für das junge Mädchen, mit dem er ein ganzes Jahr unter einem Dach gelebt hatte, mehr als bloße Freundschaft empfand?

Er hatte sich nie das Geringste anmerken lassen, aber sobald er ihre Stimme im Garten hörte, pflegte er verstohlen nach ihr zu schauen. Er kannte sie genauer als sie ahnte; nicht nur ihr Äußeres zog ihn an, noch mehr ihr selbstloses, gewinnendes Wesen. Er stand nun kurz vor dem Examen; wenn er es glücklich bestand! Er würde zunächst eine Hauslehrerstelle annehmen und sich gleichzeitig für die zweite Prüfung vorbereiten. Erst nach zwei oder drei Jahren – falls er auch sie bestand – konnte er daran denken, sich eine eigene Häuslichkeit zu gründen. Würde das Mädchen dann nicht längst verheiratet sein? Wusste er doch selbst, wie seine Freunde, die im Rosenhaus aus und ein gingen, für Fräulein Böckel schwärmten! Und nun rückten die Prüfungen heran. Das ganze Rosenhaus nahm großen Anteil daran. Es unterlag ja keinem Zweifel, dass Herr Maß sie bestehen würde; er war begabt und hatte gewissenhaft die Zeit ausgenützt, wie konnte es da fehlgehen?

Tante Julia hatte seit einiger Zeit mit den jungen Mädchen Heimlichkeiten. Sie schrieb geheimnisvolle Briefe, und die Antworten durften nur Hanna und Erika lesen.

Frau Maß

Am Nachmittag des letzten Prüfungstages ging Julia allein fort. Man achtete nicht weiter darauf, da man es gewohnt war, dass sie oft ihre eigenen Wege ging. Als sie aber mit einer kleinen fremden Dame am Arm wiederkam, wurden die älteren Brüder doch neugierig.

„Nun ratet", riefen die beiden Mädchen, „wir wissen es schon lange."

„Mädchen können nicht schweigen", fiel Julius neckend ein. „Ich müsste euch nicht kennen; wenn ihr es gewusst hättet, würdet ihr es gewiss längst ausgeplaudert haben."

Die Fremde saß obenan am Kaffeetisch zwischen der Mutter und Tante Julia und sah von Zeit zu Zeit besorgt nach der Uhr.

„Noch kann er nicht hier sein, liebe Frau Maß", sagte Julia freundlich, „aber gegen sechs Uhr dürfen wir ihn erwarten."

Jetzt merkten die Brüder, wer der Besuch war. Julius flüsterte Karl zu: „Das ist die Mutter von Herrn Maß."

Julia, die es hörte, hob warnend den Finger und sagte:

„Dass nur niemand Herrn Maß etwas davon sagt; es soll eine Überraschung für ihn sein."

Sie führte dann Frau Maß in das Zimmer ihres

Sohnes. Die kleine Frau war von dem Anblick ganz überwältigt und rief immer wieder aus: „Mein Sohn hat mir oft beschrieben, wie schön er bei Ihnen wohnt, mein liebes Fräulein Golf. Aber so hübsch habe ich es mir doch nicht vorgestellt." Und nun ergoss sie einen Dankesstrom über Julia, die versicherte, dass sie den jungen Mann schmerzlich vermissen werde.

„Aber nun, liebe Frau Maß, setzen Sie sich in den Lehnstuhl und warten Sie, bis Ihr Sohn kommt. Wenn wir ihm unsere Glückwünsche ausgesprochen haben, wird er gleich in sein Zimmer eilen und sich, wie ich denke, freuen, wenn er seine Mutter vorfindet."

Gegen halb sechs Uhr hörte man die Gartenpforte gehen. Ein eiliger Schritt näherte sich. Die Kinder liefen an die Haustür, bald gab es Jubel und Getümmel. Die beiden Brüder fassten ihn unter dem Arm, die übrigen folgten und alle riefen: „Bestanden, bestanden; glänzend bestanden!"

„Das habe ich nicht gesagt", wehrte der glückliche Kandidat ab; aber man merkte es seinem ganzen Wesen an, dass er kein schlechtes Examen gemacht hatte.

„Heute wird nichts mehr gemacht", rief er.

„Das wollte ich meinen", sagte Tante Julia. „Nun tragen Sie nur Ihre Bücher nach oben und ruhen dort etwas aus. Für den Abend legen wir Beschlag auf Sie."

„Ich komme gleich wieder“, gab er zurück, sprang mit einigen Sätzen die Treppe hinauf, öffnete die Tür und stieß einen Ruf des größten Erstaunens aus.

„Mutter, du hier! Wenn ich mir etwas hätte wünschen können, so wäre es dies gewesen, dir noch heute die frohe Botschaft, dass ich meine Studien soweit beendet habe, selber zu bringen.“

„Gott sei Dank, es ist mir, als könnte ich nun ruhig sterben!“

„Nein, jetzt sollst du weiter leben und sehen, dass dein Sohn für alle Opfer, die du ihm gebracht hast, dankbar ist.“

Mutter und Sohn verlebten eine köstliche Stunde des Alleinseins dort oben, während man unten sehr beschäftigt war. Die jungen Mädchen deckten den Tisch, Frau Maß sollte obenan neben dem Sohn sitzen, ihre Plätze waren mit Blumen geschmückt. Ein Punsch wurde unter dem Beistand der jungen Herren, die sehr sachverständig taten, in der Küche gebraut. Ika versorgte geschäftig den Braten, der im Küchenofen schmorte, und sagte von Zeit zu Zeit „Er hat's verdient, Fräulein Julia, er war so sehr gut.“

„Er ist es noch“, verbesserte Julia.

Sie ging hinein und prüfte den festlich gedeckten Tisch. Nun konnte Herr Maß mit der Mutter kommen. Lautes Sprechen im Nebenraum verriet ihr, dass sie bereits unten waren und sich mit ihrer Schwester unterhielten. Als Julia die Türe öffnete, eilte Herr Maß auf sie zu, und mit einem aus tiefstem Herzen kommenden: „Ich danke Ihnen, Fräulein Julia, danke Ihnen tausendmal“, schüttelte er ihr so kräftig die Hand, dass sie lächelnd sagte: „Reißen Sie mir doch nicht den Arm aus, mein Freund. Wir freuen uns heute mit Ihnen, und Sie wissen, das Rosenhaus feiert gern Feste. Nun nehmen Sie Ihre liebe Mutter und führen Sie sie ins Esszimmer.“

Herr Maß gab Julius einen Wink, seine Mutter aufzufordern, und bot Julia den Arm: „Heute nehme ich mir die Ehre, meine Wohltäterin zu Tisch zu führen.“ Anna winkte lächelnd ihrem Karl, und die jungen Mädchen folgten mit den Kleinen.

Es herrschte eine angeregte Stimmung. Herr Maß und Julius brachten hübsch gefasste Trinksprüche aus, alle stießen mit Herrn Maß auf eine glückliche Zukunft an. Als wieder einmal Tante Julias Lob ertönte, rief sie:

„Das muss ich entschieden ablehnen. Ich muss gestehen, es hat mich jemand von den Kindern auf den Gedanken gebracht. War es nicht eins von den Mädchen?“

„Ich war's nicht“, sagte Erika.

Hanna aber errötete.

Da sagte Tante Julia: „Du brauchst dich deswegen nicht zu schämen, mein Kind, du hast uns allen damit eine Freude gemacht.“

„Und mir die größte, Fräulein Hanna“, rief Herr Maß, während seine Mutter zum ersten Mal ihre Blicke auf Hanna ruhen ließ.

Herr Maß hatte eine Hauslehrerstelle angenommen. Ein Gutsbesitzer hatte ihn für seine beiden Söhne verpflichtet; er lebte nicht weit von Berlin und machte oft mit seiner Familie größere Reisen ins In- und Ausland. Herr Maß, der noch nicht viel in die Welt hinausgekommen war, freute sich und war dankbar, dass die Wahl auf ihn gefallen war.

Er hatte noch viele Abschiedsbesuche zu machen, und es gab manche fröhliche Feiern mit den Kommilitonen, die mit ihm die Prüfung gemacht hatten. Außerdem wollte Herr Maß die kurze Zeit des Beisammenseins mit der Mutter möglichst genießen.

Frau Maß ließ es sich wohl sein im Rosenhaus. Sie ruhte sich aus und wurde von allen Insassen des Hauses mit solcher Liebe und Fürsorge umgeben, dass sie oft meinte: „Ich werde hier derart verwöhnt, dass es mir zu Hause nicht mehr gefallen wird."

Wenn dann gesagt wurde, sie solle doch ganz herziehen und das Zimmer des Sohnes übernehmen, erwiderte sie wohl, dass sie ihre Verpflichtungen, die sie einmal in Lindenbeck übernommen habe, nicht so schnell aufgeben könne. Sie fühlte sich auch noch zu jung, um ein Leben ohne Arbeit zu führen.

Arbeit würde sich wohl auch hier finden, aber Frau Maß hatte schon entschieden.

* * *

„Das Zimmer bleibt seines, solang er will. Er soll stets hier wohnen können, wenn er in die Stadt kommt. Dies gilt auch für Sie, Frau Maß", sagte Julia eines Tages, als sie im Garten auf und ab gingen.

„Sie sind sehr liebenswürdig, Fräulein Golf. Gern möchte ich wohl Ihr Haus sehen, wenn die Rosen in Blüte stehen. Mein Sohn hat mir oft beschrieben, wie schön es dann hier ist."

„Es ist besonders schön, einen eigenen Besitz zu haben, wenn man auch anderen damit etwas bedeuten kann."

„In meiner Kindheit habe ich das auch gekannt. Seit meiner Verheiratung aber musste ich stets mit Not und Armut kämpfen."

Julia sah die kleine Frau mitleidig an. „Sie scheinen viel durchgemacht zu haben."

„Das habe ich, wollen Sie meine Geschichte hören?"

„Wir gehen ins Haus, dort sind wir ungestört. Darf ich Anna rufen?"

Doch die Schwester ließ noch etwas auf sich warten. „Ich war oben in meinem Zimmer und sprach mit Julius über ein Aufsatzthema, das etwas schwierig ist."

„Aber jetzt hast du doch ein wenig Zeit? Frau Maß will uns von ihren Erlebnissen erzählen; ich glaubte, sie würden dich interessieren."

Da klopfte es. Ika trat ein mit den Worten:

„Wolf ist da mit die Kartoffel."

„Er soll sie in den Keller schütten, nimm den Schlüssel hier mit."

Ika blieb stehen.

„Was ist denn noch?"

„Der Schlosser ist da mit die Schlösser."

„Kind, du weißt ja, welche gemacht werden sollen."

Anna sagte lachend: „Jedes Mal, wenn Julia und ich uns zu einem ruhigen Stündchen hinsetzen, kommt Ika mit irgendeiner Botschaft, die meine Schwester aus der Ruhe bringt."

„Aber sie scheint ein gutes Mädchen zu sein!"

„Gewiss, und sie gibt sich ganz wie sie ist: ihr naives Wesen belustigt uns oft."

Julia kam lachend wieder. „Nein, die Ika! Ich stand beim Schlosser, da kam sie an, legte mir vertraulich die Hand auf die Schulter und sagte: ‚Gehen Sie nur ruhig, Fräulein, ich werde schon aufpassen. Herr Wehner ist aber auch ein ganz ehrlicher Mann, er nimmt Sie nichts nich.' Da mussten wir lachen, Wehner und ich. Wir beide kannten uns schon, ehe Ika lebte. Ich sagte nur: ‚Nun, Wehner, ich gehe: Ich denke, wenn Ika aufpasst, werden Sie mich nicht um mein Eigentum bringen.'"

„Nun aber, liebe Frau Maß, entschuldigen Sie die Störung und beginnen Sie bitte."

Die kleine blasse Frau lehnte sich im Stuhl zurück:

„Meine Kindheit steht wie ein lieber Traum in meinem Gedächtnis. Wir bewohnten in einer mittelgroßen Stadt den ersten Stock eines schönen Hauses. Mein Vater war Offizier und lebte in guten Verhältnissen. Meine Mutter war von zarter Gesundheit. Ich glaube, ich wurde von ihr etwas verzogen, denn ich bekam stets meinen Willen und konnte alles haben, was ich mir wünschte. Ihr früher Tod war mein Unglück. Der Vater, der durch seinen Dienst sehr in Anspruch genommen war, konnte sich nicht viel um uns kümmern. Meine Schwester und ich waren den Erzieherinnen überlassen, die oft wechselten. Meine Schwester war stolz und bildete sich viel auf die Stellung des Vaters ein, während ich nicht viel darüber nachdachte, ob die Menschen, mit denen ich verkehrte, zu uns passten.

Als wir etwas älter waren, führte er uns in die Gesellschaft ein. Meine Schwester liebte den Tanz über alles, ich machte mir wenig daraus, ging oft nur gezwungen und widerwillig mit und musizierte lieber.

In unserer Stadt hatte sich damals ein junger Musiklehrer niedergelassen. Er hatte eine ausgezeichnete Lehrmethode und spielte selbst vorzüglich. Ich bekam auf meine Bitten bei Herrn Maß Unterricht. Dass seine Persönlichkeit etwas Anziehendes für mich hatte, dass unsere Herzen sich fanden – war es ein so großes Unrecht? Unrecht freilich, dass wir uns ohne das Wissen des Vaters verlobten.

Mein Vater war außer sich, als er davon erfuhr. Er verlangte, ich solle die Verlobung auflösen, und ich, gewohnt meinen Willen durchzusetzen, tat es nicht. Meine Schwester unterstützte mich nicht, sie höhnte über meinen Geschmack, spottete über den einfachen Musiklehrer und sagte, sie würde ihn nie als Schwager anerkennen. Es war eine unglückliche Zeit. Endlich wagte ich, meinen Vater zu bitten, mir eine kleine Aussteuer zu geben und meine Trauung mit dem Verlobten zu gestatten. Da verbot er mir sein Haus, wenn ich es noch einmal wagte, von dieser Heirat zu reden.

Da nahm ich Zuflucht zu einer alten Tante. Sie hatte ein gutes Herz und konnte mir nichts abschlagen. Es wurde ausgemacht, er solle sich zunächst an einem anderen Ort um eine Stelle bemühen, und dann sollte die Hochzeit bei der Tante stattfinden.

Sie versuchte dann noch einmal bei dem Vater für mich zu bitten. Er ließ mir sagen, ich könne tun was ich wolle, aber sein Haus brauche ich nicht mehr zu betreten. Hätte meine Mutter gelebt, es wäre gewiss vieles anders gekommen. Ich hatte keine Erfahrung und wusste nur, dass ich meinen Verlobten über alles liebte und nie von ihm lassen würde.

Ich bekam meinen Willen. Mein Vater schickte mir sogar Geld für die Aussteuer zu; ich habe ihn und meine Schwester nie wiedergesehen.

Wir richteten uns sehr bescheiden ein, denn weit reichte das vom Vater gegebene Geld nicht. Mein

Mann bemühte sich um Stunden. Ich hatte keine Ahnung, was es heißt, Geld zu verdienen. Wir mussten sehr sparsam leben, wenn wir keine Schulden machen wollten. Noch schwerer wurde es, als mein Mann zu kränkeln begann, sich eine schwere Rippenfellentzündung zuzog und schon bald starb. Da stand ich nun allein. Da ich meinte, auf dem Land billiger zu wohnen, entschloss ich mich, mit meinem damals einjährigen Kind in ein Dorf zu ziehen, das in der Nähe der Stadt lag. Was ich in dieser Zeit durchgemacht habe, können Sie kaum ahnen. In der ersten Not dachte ich daran, dem Vater zu schreiben, aber mein Stolz hielt mich zurück. Jetzt würde ich ihn doch gern noch einmal sehen und mich mit ihm aussöhnen."

„Ist es nicht noch möglich?", fragte Julia.

„Ich weiß nicht, wo er jetzt ist und ob er überhaupt noch lebt. Leicht war das alles nicht, besonders wenn man bedenkt, dass ich früher alles ohne Mühe mit Geld erreichen konnte und jetzt mit großer Mühe fast ohne Geld durchkommen musste. Der Pfarrer des Ortes hat sich meiner sehr angenommen; ich verdanke ihm viel. Ich habe in früheren Zeiten oft gegen Gottes Führungen gemurrt; ich hatte bittere Gefühle gegen Vater und Schwester im Herzen. Da hat er mir gezeigt, dass ich nicht Gottes Wege, sondern meine eigenen gegangen bin, dass ich nicht seinen Willen gesucht, sondern den meinen durchgesetzt habe. Nun bin ich bescheiden geworden, Gott hat allen Starrsinn in mir zerbrochen. Dann erst lernt man das Stillesein und auf die Hilfe des Herrn zu hoffen.“

„Ja, den Eigensinn muss Gott zerbrechen, sein Wille muss geschehen, dann gibt's Frieden im Herzen“, sagte Anna leise.

* * *

Julia konnte an diesem Abend lange nicht einschlafen. Sie dachte an die kleine Frau Maß mit dem Leidenszug im Gesicht, weich und verwöhnt in der Jugend, und nun seit Jahren arm und einsam. Wenn es ihr Vater wüsste, würde er sie nicht voll Mitleid zu sich holen? Und was war wohl aus der Schwester geworden?

Erika

Die acht Tage, die Frau Maß bleiben wollte, verflogen schnell. Sie kostete jede freie Minute aus, um mit ihrem Sohn zusammen zu sein. Am gleichen Tag, da er seine Hauslehrerstelle antreten musste, reiste auch sie ab. Es war ein trauriger Abschied. Tante Julia hatte eine Droschke bestellt, da viel Gepäck mitgehen musste. Die ganze Familie war beim Abschied versammelt, und es gab ein langes Händedrücken. Herr Maß sah noch einmal auf das ihm lieb gewordene Haus. „Unter dem Dach des Rosenhauses habe ich meine schönsten Jahre verlebt. Dank, tausend Dank für alles, besonders Ihnen –“

„Sie wissen, ich mag keinen Dank“, sagte Julia und wehrte mit beiden Händen ab, als Frau Maß auch noch anfangen wollte. „Kommen Sie bald wieder, Frau Maß, und“, fügte sie leise hinzu, „versuchen Sie, sich mit den Ihren auszusöhnen.“ Frau Maß schwieg. Dann stiegen sie in den bereitstehenden Wagen, noch ein Grüßen und Winken, und bald entschwanden sie den Blicken der Zurückbleibenden.

„Kinder, nun sind die Herbstferien bald zu Ende“, sagte Anna zu ihrer Schar, „kommt mit nach oben. Tante Julia braucht nach diesen anstrengenden Tagen etwas Ruhe.“

Alle folgten der Mutter nach oben. Auch Karl,

der der Mutter zur Zeit besondere Sorgen machte; er hatte keine guten Noten in Latein und Griechisch, und wenn die Arbeiten nicht besser würden, bestand keine Aussicht auf Versetzung.

„Es wäre schlimm, Junge, du musst denken, ein Jahr sitzen bleiben kostet der Mutter viel Geld."

Karl machte ein verlegenes Gesicht.

„Mutter", nahm Julius das Wort, „Karl liegen die alten Sprachen wenig, ich will ihm Privatstunden geben."

„Du hast aber selbst reichlich zu tun, wenn du Ostern dein Abitur machen willst."

„Das bring ich schon noch fertig", sagte er fröhlich. „Wenn Not am Mann ist, da werde ich doch meinem Bruder helfen können!"

Karl sah ihn dankbar an und meinte: „Er hat es schon immer getan, aber wenn er mir richtige Nachhilfestunden gibt, da werd' ich schon durchkommen."

„Ja, Kinder, versucht es; die Schule kostet viel Geld, und ich muss alles zusammenhalten, um durchzukommen."

Gretchen sagte da glücklich: „Meine Schule kostet gar nichts, ich habe bei der Mutter Stunde."

„Aber meine kostet viel", prahlte der Ludwig.

„Ein schlechter Rechenmeister", rief Karl. „Sei du nur stille, deine Grundschule kostet nichts."

„Aber wir haben schon drei ganz große Lehrer", wandte Ludwig wichtig ein.

Alles lachte. Sie kannten ihren Ludwig; er musste immer ein bisschen angeben.

„Und nun, ich möchte mit Hanna und Erika etwas beraten. Ihr könntet einmal bei euren Freundinnen anfragen, ob eine oder die andere Lust hat, Malstunden bei mir zu nehmen. Ich möchte gern einen Kursus eröffnen, vorausgesetzt, dass sich genügend Teilnehmerinnen finden."

Es fanden sich übergenug. Als die Mädchen hörten, dass ihre frühere Lehrerin Malstunden erteilen wolle, da meldeten sich mehr als Anna angenommen hatte. „Aber je mehr, desto besser", meinte sie. „Raum ist in dem großen Saal genug."

Julius hatte der Mutter vor einiger Zeit anvertraut, dass er große Lust habe, Medizin zu studieren. Es war ein teures Studium, aber konnte sie es ihm wehren? Vielleicht erhält er ein Stipendium? Es gab an der hiesigen Universität tüchtige Professoren, die ersten Jahre würde sie ihn im Hause behalten können, wie aber, wenn er plötzlich auswärts studieren musste?

Plötzlich stand ihr das Bild der verstorbenen Freundin lebhaft vor Augen; sie dachte an das Erlebnis mit ihrem Sohn Wolfgang. Es war nun mehrere Jahre her, seit sie ihm alle ihre Ersparnisse gegeben hatte. Wenn sie nur das Geld für das Studium ihrer Söhne hätte! Doch nein, sie wollte den damaligen Schritt nicht bereuen. Sie wollte tun, was in ihren Kräften stand, und sich an Frau Maß ein Vorbild nehmen, die auch rastlos tätig gewesen, um für ihren Sohn zu sorgen.

Die Töchter hatten zu Annas Freude musikalisches Talent. Außer den Stunden, die sie selbst gab, wurden nach Beendigung des Trauerjahres einmal wöchentlich musikalische Abende durchgeführt. Früher hatte Herr Maß mit seiner Geige mitgemacht und einer seiner Freunde nahm das Anerbieten, sich statt dessen an diesen Abenden zu beteiligen, mit Freude an. Auch Charlotte, Julias alte Freundin, stellte sich ein, um mit Anna vierhändig zu spielen. Die Pfarrersfamilie, Amtsgerichtsrat Weber und Frau, Annas besondere Freunde, und noch einige Bekannte aus der Stadt versammelten sich nun jeden Dienstagabend im Rosenhaus. Alle freuten sich darauf, sogar Ika erklärte: „Das Musikmachen mit das Klavier und mit die Fiedel ist der schönste Abend in der ganzen Woche."

Julius' Abitur rückte heran. Die schriftlichen Arbeiten waren recht befriedigend, auch die mündliche Prüfung fiel gut aus. So herrschte große Freude in der ganzen Familie.

„Du hast gehalten, was du mir versprochen hast", sagte die Mutter zu ihrem Ältesten. „Ich wollte nur, dein Vater hätte den heutigen Tag erlebt."

„Ich kann nie im Leben gutmachen, was ich ihm angetan habe, aber es soll mein eifrigstes Bestreben sein, dir, Mutter, Freude zu machen und meinen Geschwistern ein gutes Beispiel zu geben."

So durfte Anna neben vielen Mühen und Sorgen, die die Kinder des allzu früh verstorbenen Mannes ihr machten, auch die Freude kosten, die sie durch Fleiß und Aufmerksamkeit bereiteten.

Erika jedoch, die reich begabte, machte ihr im Stillen in anderer Art Sorge. Es merkte wohl niemand, aber das Mutterauge sah scharf. Es gab unter den Malschülerinnen einige, die Anna lieber nicht darunter gesehen hätte, aber das Abweisen war schwierig. In der Nachbarsvilla wohnten zwei Mädchen, die mit Erika befreundet waren. Auch ein Sohn war da. Die Mädchen hatten bei all ihrem freundlichen, liebenswürdigen Benehmen eine etwas oberflächliche Art. Zu ihnen fühlte Erika sich besonders hingezogen, besonders im Sommer hatte diese Nachbarschaft etwas Verführerisches. Wenn Ruth und Hanna unten am Fluss unter der Linde saßen, spähte Erika schon nach Alida und Cäcilia oder Cilly, wie sie genannt wurde. Sie strahlte, wenn ihre Köpfe über der Mauer sichtbar wurden und der Ruf ertönte: „Erika, komm doch ein bisschen herüber zu uns in den Garten."

Erika schob dann wohl ihre Arbeiten vor, aber Entschuldigungen wurden nicht angenommen. „Ach, das viele Lernen, lass das doch, Erika. Du bist doch so klug, komm nur ein Viertelstündchen herüber."

Und Erika konnte diesen Bitten nie widerstehen. Man hörte sie drüben bald lachen und scherzen. Oder sie ging mit ins Haus und musste die Sachen der Mädchen bewundern, bei denen die Kleidung eine Hauptrolle spielte. Wer konnte es Erika da verdenken, dass sie es ihnen gerne gleichtun wollte, dass sie anfing, großes Gewicht auf Garderobe zu legen, dass sie oft unzufrieden mit ihrer Lage war und Alida und Cilly beneidete? Dazu kam, dass der Sohn des Hauses an der hübschen Blondine Gefallen fand, gern mit ihr schäkerte und ihr allerlei Dinge sagte, die eine willige Aufnahme in Erikas törichtem Herzen fanden.

Als einmal die Mutter die jungen Leute im Nachbargarten hörte – es waren mehrere junge Herren da, Freunde von Alidas Bruder – wie sie lachten und allerlei leichte Redensarten führten, und dazwischen das helle Lachen ihrer Erika, da redete sie ernst mit ihr und warnte sie, nicht zu weit zu gehen, sonst müsse sie den Umgang verbieten. Da klagte Erika, dass sie sich, wenn Hanna und Ruth zusammen seien, so überflüssig vorkomme, sie wolle auch Freundinnen haben. Die Mutter erwiderte, dass sie dies in keiner Weise hindern wolle, im Gegenteil, dass sie sich freuen würde, wenn sie sich an andere junge Mädchen, sie nannte einige aus dem Seminar, anschließen werde.

„Ja", meinte Erika, „zum Lernen habe ich einige nette Mädchen, aber zum Plaudern sind mir die Nachbarsmädchen lieber. Sie sind so lustig, Mutterchen, lass mich doch. Wenn ich angestrengt gearbeitet habe, muss ich mich noch ein bisschen vergnügen, ich bin ja noch so jung!"

Erika war ein kleines Schmeichelkätzchen, so dass die Mutter ihr nicht die Tatkraft entgegensetzte, die ihr sonst eigen war. Sie warnte sie jedoch, besonders im Verkehr mit den Nachbarsleuten auf der Hut zu sein.

Erika versprach es, und die Freundschaft ging weiter, obwohl sie im Herbst hören musste, dass sie in ihren Leistungen zurückgegangen war. Sie versprach der Mutter, im Winter angestrengter zu arbeiten, aber die Nachbarschaft forderte sie immer wieder zu Gesellschaften und Zerstreuungen auf.

Die stille Hanna konnte nicht begreifen, dass die Schwester so viel Freude daran fand, und doch war sie es, die oft bei der Mutter ein gutes Wort für die Schwester einlegte, weil sie sie lieb hatte und ihr gerne das gönnte, was Erika „Erholung von den Mühen des Lernens" nannte.

Doch eines Tages platzte die Freundschaft.

Alida hatte Geburtstag, natürlich sollte Erika mit dabei sein. Es gab eine ziemlich große Gesellschaft. Anna hätte es gern gesehen, wenn Erika freiwillig abgesagt hätte, da sie schon seit einiger Zeit merkte, dass sie zerstreut und gedankenlos war. Es machte ihr Sorge, wenn Erika still vor sich hin lächelte und in sich selbst versunken war.

„Kind, was hast du nur?", fragte einmal die Mutter, worauf Erika sehr rot wurde und davonlief.

Nun also sollte Alidas Geburtstag festlich begangen werden. Erika kleidete sich mit besonderer Sorgfalt an. Unter vielen Ermahnungen der Mutter, nicht zu lange zu bleiben, verabschiedete sie sich, laut bewundert von sämtlichen Geschwistern.

Es war spät am Abend. Julia war schon schlafen gegangen. Anna saß in ihrem Zimmer und wartete. Bis um zwölf Uhr hatte Erika Urlaub. Der alte Wolf war beauftragt, sie abzuholen.

Da – es war kurz nach elf Uhr, hörte sie jemand die Treppe heraufkommen. Ihre Tür wurde stürmisch aufgerissen. Erika war es. Schluchzend warf sie sich der Mutter an die Brust.

„Kind, um alles in der Welt, was ist geschehen?"

„Sie sind alle falsch drüben, nie gehe ich wieder in das Haus. Ich war dumm, dass ich alles glaubte, was man sagte! Hätte ich nur früher auf dich gehört!"

Anna beschwichtigte das junge Mädchen, strich ihr sanft über die erhitzten Wangen und ermutigte sie, alles zu erzählen.

„Du weißt, Mutter", begann sie schluchzend, „dass Alida und Cilly mir immer versicherten, dass sie mich sehr lieb hätten. Ihr Bruder sagte mir stets Schmeicheleien über mein gutes Aussehen, über meine Klugheit und so. Das gefiel mir."

„Deiner Mutter, liebe Erika, die es mitunter hörte, gefiel es gar nicht. Weißt du, dass ich dich oft fortrief, wenn du unten im Garten über die Mauer mit den jungen Leuten lachtest und scherztest. Erinnerst du dich noch des Tages, da ich ernstlich böse sein musste, als der junge Mann unpassende Worte zu dir sprach? Und was tat mein Töchterchen, als die Mutter ihr wohlmeinend riet, den Umgang abzubrechen? Erika schmollte; ich hörte sie zu Hanna sagen: ‚So ist es, wenn man eine Stiefmutter hat, wenn doch unsere eigene Mutter noch lebte, sie würde es mir nicht verbieten.‘“

„O Mutter, das hast du gehört?“, rief Erika. „Es war unrecht von mir. Du bist die beste Mutter, du meinst es so gut mit uns, jetzt sehe ich es ein.“

„Nun, was hat dich denn heute Abend zu dieser Einsicht gebracht?“

„Ich hörte zufällig eine Bemerkung, die Cillys Bruder über mich machte.“

„Und die war?“

„Er sagte, nachdem er sich über mich lustig gemacht hatte: ‚Und dabei glaubt das kleine Närrchen, ich werde sie eines Tages heiraten, das habe ich ihr kürzlich einmal gesagt. Sie sieht ganz niedlich aus und ist ein lustiger Käfer, ich werde sie mir gleich wieder zum Tanz holen und mich mit ihr vergnügen, aber heiraten werde ich doch nie ein so armes Mäuschen.‘ Da stand ich unbemerkt auf. Ich hatte mich in eine Blumennische gesetzt, weil ich Kopfschmerzen hatte, so dass mich niemand sah. Ich konnte unbemerkt zu meinem Mantel und zur Treppe gelangen und flüchtete aus dem Haus, das ich nie wieder betreten werde.“

„Ich habe es kommen sehen, dass meine Erika eines Tages eine Enttäuschung haben wird. Aber du hast meinen Rat missachtet und hast nun diese Erfahrung machen müssen. Meine Erika wird nun wieder mit Ernst ihren Studien nachgehen, hoffe ich. Ein so junges Kind wie du muss sich überhaupt noch nicht mit solchen Dingen befassen. Deine erste Pflicht ist jetzt die Arbeit. Ihr Kinder wisst, dass ich euch gern ein Vergnügen gönne, ja am liebsten selbst mit euch fröhlich bin."

„Wenn aber nun die Mädchen mich wieder auffordern –"

„Da lass mich nur sorgen. Sieh, dass du dich mit Martha Berend anfreunden kannst; sie ist ein so nettes Mädchen und, wie du, Seminaristin. Die gleichen Pflichten müssten euch verbinden, meine ich. Zudem ist mir die Familie bekannt, ich schätze Marthas Eltern sehr."

Am anderen Tag kamen Alida und Cilly nicht, wie Erika geglaubt hatte, um sich wegen ihres Verschwindens Aufklärung zu holen. Hatten sie es gar nicht bemerkt? Oder war eine von ihnen dabeigewesen, als der Bruder die Äußerung tat, und hatte die hinter den Blumen verborgene Erika entdeckt?

Es blieb ungeklärt. Jedenfalls hatten sie etwas verlegene Gesichter, als sie das nächste Mal zur Malstunde erschienen.

Und von ihnen aufgefordert wurde Erika nie wieder.

Der Augenarzt

Es war wieder Frühling geworden, ein schöner, sonniger Maientag. Julia saß im Garten und las eifrig einen langen Brief. Alles grünte und blühte um sie her, und die Rosen setzten erste Knospen an.

„Wenn die Rosen blühen, komme ich“, las Julia jetzt laut und rief den Kindern zu: „Wer kommt denn wohl, ihr Kinder?“

Ludwig blieb vor der Tante stehen und sagte mit schlauer Miene: „Ich weiß es, aber ich sage es nicht.“

Karl, der auf einem niedrigen Apfelbaum saß, etwas abseits vom Haus, und lateinische Wörter lernte, rief aus dem Baum heraus: „Das ist natürlich Herr Maß; der Brief kommt aus Italien; ich habe es gesehen, als der Briefträger ihn brachte.“ Erika, die mit Hanna zusammen an einem Blumenbeet kniete und Unkraut jätete, fragte:

„Ist denn Herr Maß jetzt im Süden?“, während Hanna den Kopf noch tiefer senkte und leise sagte: „Das weißt du doch, Erika.“

„Freilich ist er in Italien“, antwortete die Tante. „Ich sagte euch doch, dass Herr von Brügge mit seiner ganzen Familie den Winter zum Teil an der Riviera verlebt hat, dann einen Monat in Rom und später in Neapel. Nun werden sie in der nächsten Zeit auf dem Gut des Herrn von Brügge eintreffen. Da Herr Maß bisher keinen Urlaub gehabt hat, so wird er im Juni einen Monat Ferien bekommen und möchte sein Versprechen, uns während der Rosenzeit zu besuchen, einlösen. Die ersten vierzehn Tage will er uns schenken, die anderen will er bei seiner Mutter verbringen."

Die Kinder riefen wie aus einem Mund: „Wie schade, dass Herr Maß nicht kommt, wenn wir auch Ferien haben. Herrn Maß' Mutter aber muss hierher kommen, dann kann er wenigstens die ganze Zeit bei uns bleiben."

„Das wird diesmal leider nicht gehen. Frau Maß ist durch einige Schülerinnen gebunden, die einen Kursus angefangen haben, der erst im Juli zu Ende geht. Dann kommt sie hoffentlich auch noch ein wenig zu uns. Doch nun lasst euch nicht in euern Beschäftigungen stören."

„Wir sind mit unserm Beet fertig", sagte Hanna. „Dürfen wir uns, wenn wir uns gewaschen haben, ein wenig zu dir setzen, Tante Julia?"

Während die Tante ein freundliches Ja nickte, meinte Karl, dann wolle er lieber mit seinen Aufgaben nach oben gehen. Wenn die Mädchen zusammen seien, dann würde gewöhnlich so laut geschwatzt, dass man unmöglich lernen könne.

Erika versetzte ihm lachend einen leichten Schlag und ging mit Hanna ins Haus.

Nach einigen Minuten erschienen die Mädchen wieder und setzten sich zur Tante.

Es war ein schöner schattiger Platz mit bequemen

Bänken und Stühlen, den die Tante besonders liebte, weil sie von dort aus alles beobachten konnte, was aus und ein ging. Ludwig rannte eben mit Gretchen um den Rasen herum. Er hatte sie an der roten Leine und freute sich über den flotten Galopp seines Pferdes.

„Gretchen wird aber nachgerade zu groß zum Pferdespielen", mahnte die Tante, als die Kinder sich in ihrer Nähe ein wenig verschnauften. „Sie sollte sich lieber zu uns setzen."

„Das geht jetzt nicht, wir haben eine wichtige Botschaft auszurichten", war Ludwigs Antwort, und fort sauste die kleine Gesellschaft.

„Grete wird ein richtiger Junge, wenn sie immer nur mit Ludwig spielt", bemerkte Erika.

„Mutter wird sie ans Lernen bringen, wir wollen ihr jetzt noch ein wenig Freiheit gönnen", meinte gutmütig die Tante.

Sie sah von Zeit zu Zeit zur Gartentür, als erwarte sie jemand. „Mutter bleibt recht lange", meinte sie, zu den Mädchen gewandt.

„Da kommt sie", rief Hanna, legte schnell ihre Arbeit fort und eilte der Mutter entgegen.

„Es ist später geworden als ich dachte", entschuldigte sich Anna. „Hoffentlich haben dir die Kinder nicht allzu viel Mühe gemacht –"

„Nur Freude, Anna. Was hast du ausgerichtet?"

„Ich wurde von einem Herrn zum andern geschickt. Julius musste eine schriftliche Eingabe an den Stadtrat machen, der das Stipendium zu vergeben hat."

Julia schien etwas enttäuscht. Als sie am Abend allein waren, sprachen sie über die wachsenden Ausgaben, die die Erziehung der Kinder mit sich brachte. Anna bedrückte es, dass ihre alternde Schwester, die schon so viel opferte, ihre Sorgen mittragen musste. Sie dachte unwillkürlich wieder an ihre Ersparnisse. Der junge Mann musste doch nun bald etwas von seiner Schuld abtragen. Wo mochte er jetzt sein? Sie ahnte es nicht.

Die Schwestern saßen eine Weile schweigend nebeneinander. Plötzlich fing Julia an: „Hör, Anna, mich drückt eine andere Sorge. Hanna und Erika arbeiteten diesen Nachmittag bei mir. Da bemerkte ich, dass Erika sich sehr tief über ihre Arbeit beugte und zuweilen innehielt und sich die Augen rieb. Sollten sie bei dem vielen Arbeiten gelitten haben? Dann wäre es nötig, dass sie beizeiten zum Arzt ginge."

„Gute Julia, das hat mir auch schon in letzter Zeit Sorge gemacht. Ich hoffte durch öfteres Kühlen das Übel zu beseitigen, aber du hast Recht, es ist vernünftiger, sie geht einmal zu Doktor Ernst."

„Mein alter Doktor ist gut und vortrefflich, aber von Augensachen versteht er nicht viel. Erika muss zu einem Spezialisten, und zwar so bald wie möglich. Sie, die ihre Augen besonders viel im Leben zu gebrauchen hat, muss sie jetzt eine Zeitlang schonen und sich ein Mittel geben lassen, das die Entzündung oder was es sonst ist, behebt."

Die Sache wurde am andern Morgen am Kaffeetisch besprochen, wobei Julius sagte, er habe gehört, dass ein tüchtiger Augenarzt in der Schillerstraße wohne, man solle sich doch an ihn wenden. Ja, er erbot sich sogar, mit Erika hinzugehen.

Erika wollte zwar nichts von einem Arzt wissen und meinte, es sei gar nicht so schlimm und werde schon wieder besser werden. Überdies kenne man doch ihre Abneigung gegen alle Ärzte und möge sie nicht quälen. Aber die Mutter hatte nun einmal den Entschluss gefasst, gleich etwas zu unternehmen. So ging Julius am nächsten Tag mit seiner Schwester in die Stadt.

Als sie das Wartezimmer des Arztes betraten, saßen schon viele Menschen dort. Aber bald schien es Julius, als sei er auf falscher Fährte. Man schrie sich einander in die Ohren, eine Mutter erzählte der andern, dass das Kleine auf ihrem Schoß über Schmerzen in den Ohren klage und nicht gut höre, und einer saß da mit verbundenem Hals.

Erika sah den Bruder schalkhaft an. „Nun, willst du mich immer noch da hineinbringen?" Er erhob sich schnell und winkte Erika, ihm zu folgen. Als sie ins Freie gelangt waren, sagte er lachend: „Dies ist ja gar kein Augenarzt!"

„Denkst du, dass ich daran zweifelte, nachdem ich den verschiedenen Unterhaltungen gefolgt bin? Mir tun jetzt noch die Ohren weh. Nun schnell nach Hause.“

Julius aber stellte fest: „Der Mann, den wir vorhin fragten, hat uns falsch unterrichtet, der Augenarzt wohnt einige Häuser weiter.“

Erika sträubte sich zunächst und es bedurfte kräftiger Worte des Bruders, bevor sie ihm folgte. Sie sah Julius, dessen Stimme plötzlich ganz anders klang als sonst, erstaunt von der Seite an, und ging dann gehorsam neben ihm her. Da überzeugte sie ein kleines Schild an einem Haus, dass sie nun wirklich den richtigen Arzt gefunden hatten.

Sie betraten das Wartezimmer und trafen nur einen Herrn an, der gerade von dem Doktor verabschiedet wurde. Er zog seine Uhr und sah die beiden befremdet an.

„Eigentlich ist meine Sprechstunde zu Ende, ich muss fort, aber –“

„Wir können gern wieder gehen, Herr Doktor“, unterbrach ihn Erika. „Ich wäre überhaupt am liebsten gar nicht gekommen, denn mir fehlt eigentlich nichts, aber meine Mutter ist sehr ängstlich und mein Bruder –“

„Sie haben aber entzündete Augen, mein Fräulein. Deshalb ist es doch wohl nötig, dass ich sie genauer ansehe. Bitte, kommen Sie.“

Zuerst fragte er sie nach ihrem Beruf. Als er erfuhr, dass sie Seminaristin sei, sagte er: „Natürlich, da wird bis spät in die Nacht hinein gearbeitet, vielleicht bei schwacher Beleuchtung, die Augen werden überanstrengt, und schon ist das Unheil da."

Er untersuchte sehr gründlich und gewissenhaft und sagte dann: „Nun, glücklicherweise ist es noch nicht so schlimm. Es ist eine Augenentzündung, die, wenn Sie vorsichtig sind, bald behoben werden kann." Er verschrieb ihr etwas zum Hineintropfen, empfahl, die Augen zu kühlen und sie acht Tage lang zu schonen. Sie meinte zwar, das werde sich wohl schwerlich machen lassen, worauf er kurz und bündig erklärte, dann müsse er von einer Behandlung absehen, worauf sie erschrocken sagte:

„Wenn es durchaus notwendig ist, werde ich es tun." Da lächelte er ein klein wenig: „Es ist durchaus notwendig. Wenn Sie meinen Vorschriften nicht folgen, kann es nachteilige Folgen haben. Welchen Namen darf ich aufschreiben?"

„Böckel", sagte sie. „Erika Böckel."

„Die Wohnung?"

„Villenstraße 5, im Rosenhaus."

„Bitte kommen Sie in acht Tagen wieder." Er machte eine kurze Verbeugung und Erika war entlassen.

„Eine kecke kleine Dame, mit der man deutsch reden muss", sagte der Arzt vor sich hin.

„Grässlich", war ihre Reaktion.

„Es oder er?"

„Er natürlich. Du hast wohl gelauscht? Er hat mich wie ein Schulkind behandelt."

„Warst du nicht vielleicht selber ein bisschen schuld?“ Erika wurde rot. Sie hatte eigentlich gedacht, sie wäre in der letzten Zeit schon ganz anders geworden, aber heute hatte sich wieder die alte Überheblichkeit geregt. Das kam vielleicht daher, dass sie zu etwas gezwungen wurde, was sie mit großer Unlust tat.

Die Mutter war froh, dass es mit den Augen nichts besonders Schlimmes auf sich hatte.

Abends wurde bei Tisch die Sache weiter besprochen, da Julia, die am Nachmittag nicht zu Hause war, noch nichts darüber gehört hatte.

„Ich habe von dem Augenarzt Müller sonst nie gehört“, meinte Julia, „es ist gewiss ein jüngerer Arzt?“

„Ein alter Griesgram“, war Erikas Antwort.

„Meiner Meinung nach durchaus kein alter, sondern noch ein ziemlich junger Mann“, lachte Julius. „Wo hast du deine Augen gehabt, Erika?“

„In seinem Augenspiegel“, versetzte sie. „Übrigens sehe ich mir die Ärzte nicht darauf an, ob sie alt oder jung sind; ich mag sie alle nicht.“

„Das ist sehr töricht gesprochen, Erika“, tadelte Tante Julia. „Du bist noch nie richtig krank gewesen, sonst würdest du nicht so reden.“

„Tante, sie meint es gar nicht so“, entschuldigte die sanfte Hanna, während Erika ein halblautes: „Doch!“ hören ließ, was ihr einen strafenden Blick der Mutter eintrug.

Sie war jedoch geduldiger und gewissenhafter in der Befolgung der vom Arzt gemachten Vorschriften, als es die Mutter erwartet hatte. Als die acht Tage um waren, empfand sie merkliche Besserung.

„Wer geht nun diesmal mit mir?“, fragte Erika. „Den Julius möchte ich nicht als Begleiter haben; der ärgert mich zu viel.“

„Habe auch weder Zeit noch Lust“, rief er, während die Mutter erklärte, sie würde diesmal Erika begleiten.

Sie hatte auch die feste Absicht, aber es kam plötzlicher Besuch, so dass Hanna beauftragt wurde, mit der Schwester zu gehen.

Der Arzt war sehr befriedigt und riet, die Augen noch eine Zeitlang möglichst zu schonen. Er erlaubte zwar den Besuch des Seminars, aber er warnte:

„Nicht in der Dämmerung arbeiten und die Augen keiner schlechten Beleuchtung beim Lesen oder Schreiben aussetzen.“

„Für gute Beleuchtung sorgt schon die Tante. Ich habe also nicht nötig wieder zu kommen?“, fragte Erika gespannt.

„„Notwendig ist es nicht, sollten aber die Augen sich wieder mehr entzünden, bitte ich um Ihren Besuch.“

„Hoffentlich nicht, ich habe nicht gern mit Ärzten zu tun.“

„Es ist auch nichts Angenehmes“, setzte er belustigt hinzu.

„Sie erwähnten eine Tante, sind Sie nicht bei Ihren Eltern?"

„Doch", war die Antwort, „meine Mutter wohnt mit uns bei der Tante, einem Fräulein Golf. Mein Vater ist schon seit mehreren Jahren tot."

„So, so", sagte der Arzt, der bei Nennung des Namens „Golf" ein wenig überrascht war.

„Heute war der Herr Doktor etwas gnädiger", sagte Erika, „aber ich bin doch froh, dass ich nicht wieder zu kommen brauche und leichten Kaufs davongekommen bin."

Herr Doktor Müller aber stand nach Beendigung der Sprechstunde nachdenklich am Fenster seines Behandlungszimmers: „Fräulein Golf, sagte das junge Mädchen. Ich habe nie gehört, dass Fräulein Golf eine verheiratete Schwester hatte, oder dass sie von einer Nichte gesprochen hätte. Aber – der Name – vielleicht ist Fräulein Golf eine Verwandte von Tante Anna. Jedenfalls werde ich der Sache einmal nachgehen."

Zwei Bewerber

„Julia, kann ich dich einen Augenblick allein sprechen?"

„Gewiss, Anna", rief es aus der Küche, wo sie eben Anordnungen wegen des Abendbrotes gegeben hatte. Heute war Musikabend.

„Du weißt, Julia", sagte Anna, „dass ich dir vor einiger Zeit meine Gedanken über Herrn Olsen mitteilte –"

„Du meintest, er habe ein Augenmerk auf unsere Hanna –"

„Ich vermutete es, nun ist es mir zur Gewissheit geworden.

Der junge Mann hat mich gestern gefragt, ob ich ihm erlaube, öfters in unserer Familie zu verkehren, er möchte gern meine Hanna näher kennen lernen."

„Er hat ja schon immer bei uns verkehrt", antwortete Julia. Einem feinen Beobachter wäre es nicht entgangen, dass in ihrer Antwort etwas Abwehrendes lag.

„Er ist wohl zu den Musikabenden gekommen, wie jeder andere auch. Er will aber jetzt als etwas mehr angesehen werden, wie etwa Herr Maß."

„Herrn Maß' Stelle kann er nie einnehmen, den liebe ich wie einen Sohn." In Julias Stimme lag eine gewisse Aufregung.

„Liebste Schwester, du bist die Hausherrin", sagte

Anna da. „Wenn du es nicht gern siehst, dann lehne ich ab.“

„Du hast es ihm bereits erlaubt?“

„Leider ja. Ich glaubte sicher, dass du, die du öfters Herrn Olsens liebenswürdiges, feines Benehmen rühmtest, nichts dagegen haben würdest. Lass mich ganz offen sein. Ich gehöre nicht zu den Müttern, die ihre Töchter um jeden Preis verheiraten möchten, aber wenn sich wie hier ein anständiger junger Mann, der seine Examen hinter sich hat, um eine meiner Töchter bewirbt, kann ich ihm kaum eine freundliche Aufnahme verweigern. Es sind meine Kinder und doch die Kinder anderer Eltern. Muss ich mich nicht freuen, wenn sich Gelegenheit bietet, dass sich ihnen ein Heim auftut an der Seite eines Mannes, der einen festen Beruf und eine sorgenfreie Zukunft hat?“

Julia hatte schweigend Annas lange Rede angehört, aber ein nervöses Zittern ihrer Hände verriet, wie aufgeregt sie war. Als Anna schwieg, platzte sie heraus:

„Und Herr Maß?“

Da ging Anna plötzlich ein Licht auf. „Herr Maß?“, sagte sie erstaunt. „Denkst du, dass er Absichten auf unsere Hanna hat?“

„Natürlich.“

„Hat er es dir gesagt?“

„Er hat mir nichts gesagt, aber das ist doch so selbstverständlich –“

Anna lachte. „O Schwester, du hältst es für selbstverständlich, weil du dich in diesen Gedanken hineingelebt hast."

„Ja, das stimmt."

„Hast du denn irgendwie gemerkt, dass Hanna sich auch mit solchen Gedanken beschäftigt?"

„Hanna ist ein liebes, unschuldiges Mädchen, das gar nicht ans Heiraten denkt."

Anna atmete erleichtert auf. „Nun, Schwester, dann wollen wir die Sache Gott ans Herz legen. Wie er's fügt, so wird's gut sein. Hanna muss ja schließlich selbst entscheiden."

„Das muss sie."

Anna lachte wieder. „Bis jetzt hat noch keiner um sie angehalten. Kommt Zeit, kommt Rat. Und nicht wahr, du bist nicht böse, wenn Herr Olsen jetzt mitunter etwas länger bei uns ist?"

„Im Gegenteil, ich habe den jungen Mann ganz gern. Nur unsere Hanna soll er nicht heiraten."

* * *

Olsen und Maß hatten zusammen ihre Examen gemacht. Olsen war jetzt als Oberlehrer am Gymnasium angestellt und kam von nun an öfters in den Abendstunden und suchte Gelegenheit, sich Hanna zu nähern. Sie war offen und unbefangen gegen ihn, aber man konnte trotz scharfen Beobachtens nicht feststellen, ob Hanna für ihn überhaupt etwas empfand.

Julia, deren Freude es war, wenn alle Menschen sich wohl bei ihr fühlten, war freundlich gegen ihn, doch beobachtete sie ihn misstrauisch. Die Schwester hatte die Unterredung mit Anna nicht vergessen, sie hatte sogar viel darüber nachgedacht. Vergangenes war wieder aufgetaucht, über das sie noch jetzt Reue empfand. Sie nahm sich vor, nichts zu reden oder zu tun, was die Werbung des Herrn Olsen hindern könnte, obwohl sie ihren Lieblingsgedanken damit aufgeben musste.

Es nahte die Zeit, da Herrn Maß' Ferien kommen sollten. Julia sorgte dafür, dass sein Zimmer in Ordnung gebracht wurde, und Ika bekundete ihre Freude über den zu erwartenden Besuch in den Worten: „Es is mich gerade, als wenn's so sein müsste, dass Herr Maß wiederkommt, er gehört doch eigentlich zu uns."

„Da hast du Recht, gute Ika", war Tantes freundliche Antwort.

* * *

„Sie sind ja noch weiter gewachsen, lieber Herr Maß", rief Julia und betrachtete wohlgefällig seine äußere Erscheinung.

„Wohl kaum, Fräulein Julia, aber etwas breiter und kräftiger bin ich geworden."

„Sie sehen außerordentlich gut aus, Sie haben wohl bessere Pflege gehabt als bei mir."

Da wehrte der junge Mann entschieden ab. „Im Rosenhaus hatte ich's am allerbesten", versicherte er. „Ich habe hier nur etwas viel arbeiten müssen, das ließ ein Wachsen in die Breite nicht zu. Nun, ich gehöre immer noch nicht zu den Starken", fügte er lachend hinzu, „aber frisch und gesund bin ich, die Landluft und der Aufenthalt im Süden, beides hat mich gekräftigt."

* * *

Es folgten schöne Tage des Zusammenlebens.

Herr Maß nahm an allem, was die Familie Böckel betraf, herzlichen Anteil, ob es nun Julius' Studien oder Karls Arbeiten betraf oder die Kleinen. Es wurden viele Ausflüge unternommen, zu denen man wohl auch Herrn Olsen aufforderte.

So geschah es eines Tages, dass das ganze Haus leer war. Ika saß vor der Haustür. Da sah sie einen fremden Herrn an der Pforte stehen, unschlüssig, ob er hineingehen solle oder nicht. Endlich machte er die Tür auf und schritt langsam auf das Haus zu, immer den Blick auf die blühenden Rosen gerichtet.

Ika stand auf und ging ihm entgegen. „Wünschen Sie einen zu sprechen?"

Der Herr, der an der Erscheinung und der Ausdrucksweise den dienstbaren Geist erkannte, fragte: „Wohnt hier ein Fräulein Golf?“

„Sie meinen doch das Fräulein Julia Golf, die das Rosenhaus geerbt hat?“

„Fräulein Julia?“, sagte der Herr und es stand etwas wie Enttäuschung auf seinem Gesicht zu lesen. „Hat dies Fräulein Julia vielleicht eine Schwester?“

„Natürlich, was die Frau Amtsrichter Böckel ist. Sie wohnt ja hier mit die fünf Kinder, seit der Herr Amtsrichter verunglückt ist.“

„Hat Fräulein Julia Golf noch mehr Schwestern?“

„Nein. Frau Amtsrichter ist ihre einzige.“

Nun wusste er's. Diese Familie konnte nicht mit seiner Tante Anna Golf verwandt sein, die vor mehreren Jahren, als er sie zuletzt gesehen, Lehrerin und unverheiratet war; es musste bestimmt eine andere Dame sein, die schon erwachsene Kinder hatte.

„Soll ich Ihnen bei Fräulein Julia für ein anderes Mal anmelden?“

„Es ist wirklich nicht nötig“, sagte der Herr, „es ist ein Irrtum.“ Er lüftete den Hut ein wenig und ging.

Abends, als Julia mit Ika allein in der Küche war, erwähnte das Mädchen die Begebenheit. Doch da der Herr nicht hatte wieder kommen wollen, so glaubte Julia, es sei ein Reisender gewesen, der, wie es oft vorkam, seine Waren anpreisen wollte. Da sie außerdem in diesen Tagen viel im Kopf hatte, so vergaß sie die Meldung Ikas.

Denn es bereiteten sich andere wichtige Dinge vor. Herr Olsen trug, seit Herr Maß wieder da war, ein etwas bedrücktes Wesen zur Schau. Ahnte oder fühlte er einen Nebenbuhler in ihm? Aber sollte seine persönliche Erscheinung – ohne sich etwas einbilden zu wollen – nicht der des Herrn Maß vorzuziehen sein? Seine Familie war entschieden angesehener, seine Verhältnisse bei weitem besser. Jetzt musste es entschieden werden!

So erschien er am folgenden Tage mit der Bitte, Frau Amtsrichter allein sprechen zu dürfen. Er hielt in aller Form um die Hand der ältesten Tochter an. Anna erschrak nun doch, dass es nun wirklich so weit sein sollte, und fragte, ob er denn Hoffnung auf ein Jawort ihrer Tochter habe.

„Fräulein Hanna ist mir gegenüber noch etwas verschlossen. Ich möchte Sie, verehrte Frau, bitten, für mich die Anfrage zu stellen, und im bejahenden Falle Ihrem Fräulein Tochter diesen Brief zu überreichen." Er zog ein Brieflein aus der Tasche, das Anna mit den Worten in Empfang nahm: „Hoffnung kann ich Ihnen aber jetzt keine machen; ich weiß durchaus nicht, wie meine Tochter sich zu dem Antrag stellen wird."

„Herr Olsen sah ja gewaltig feierlich aus, er hat doch nicht –"

„Ja, Julia, er hat – er hat in aller Form," antwortete Anna der eben eintretenden Schwester, die mit einem fragenden Gesicht näher kam. „Hier, diesen

Brief soll ich unserem Kind geben. Wie schwer sind doch solche Entscheidungen!"

„Hier hat das Kind selbst zu entscheiden, rufe sie nur und gib ihr den Brief."

Julia ging ins Nebenzimmer, ließ aber die Tür ein klein wenig offen, etwas wollte sie doch auch von der Geschichte hören.

* * *

Nun aber hatte Herr Maß nach langen Überlegungen beschlossen, an diesem gleichen Tag der Frau Amtsrichter sein Herz zu öffnen. Er fühlte, dass er nicht länger warten dürfe und Gewissheit haben müsse.

Er fand die Vormittagsstunden, in denen die Kinder alle in der Schule waren, am passendsten zu seinem Vorhaben. Mit bangem Herzen kam er die Treppe herunter, gerade in dem Augenblick, als Hanna auf den Ruf der Mutter aus der Küche herbeieilte.

Mit etwas verstörtem Gesicht fragte er sie, ob sie wohl wisse, wo die Mutter sei. Hanna zeigte auf das Besuchszimmer und ging in die Küche zurück, um Ika zu helfen. „Wenn die Mutter mich braucht, wird sie mich wohl noch einmal rufen." Dann dachte sie noch, wie sonderbar Herr Maß heute war. Sonst pflegte er immer ein paar freundliche Worte zu sagen.

Anna war verblüfft, statt Hanna Herrn Maß zu

sehen. Auch er war in feierlichem Anzug und verbeugte sich. Dann sagte er, dass er schon lange Fräulein Hanna verehre und hoffe, sein dem Fräulein Julia gegebenes Versprechen, in keiner Weise den jungen Mädchen Schmeicheleien oder schöne Dinge zu sagen, gehalten zu haben.

„Das hat er – das hat er", flüsterte im Nebenraum jemand, der zu ihrem höchsten Erstaunen den Eintritt des zweiten Bewerbers durch die halb offene Tür wahrgenommen hatte.

Aber nun dürfe er sagen, dass er Fräulein Hanna liebe, mehr liebe als sein Leben.

Anna wurde es schwarz vor den Augen. Sie fand im ersten Moment keine Worte. Beklommen stand Herr Maß vor ihr. „Ich habe Ihnen doch nicht wehe getan? Darf ich keine Hoffnung haben?"

„Mein lieber Herr Maß, es kommt zuviel auf einmal. Eben war Herr Olsen hier und hat um die Hand meiner Tochter Hanna angehalten."

„Mein Freund Olsen? Und was sagt Hanna, was sagt Fräulein Hanna dazu?"

„Ich weiß es nicht. Sie sollte eben diesen Brief erhalten." Jetzt besann er sich. Sie hatte so glücklich ausgesehen, als er ihr vorhin begegnet war. Natürlich ahnte sie schon etwas. Er war ihr nur ein guter Bekannter, weiter nichts:

„Verzeihen und vergessen Sie, was ich eben gesagt habe." Herr Maß verbeugte sich und verließ schnell das Zimmer.

„Warten Sie doch bitte, lieber Herr Maß, wir wollen –"

Doch die Tür war schon ins Schloss gefallen. Anna saß da, unfähig zu denken und zu handeln.

Da berührte jemand ihre Schulter. „Wir wollen Hanna rufen, Schwester."

„Ich kann nicht, mich regt die Sache zu sehr auf."

Julia ging schnell an die Tür und rief laut: „Hanna, komm doch zur Mutter."

„Die Sache muss erledigt werden, bevor die Jugend nach Hause kommt." Mit diesen Worten verschwand Julia wieder im Nebenzimmer.

Da kam schon Hanna herein, jugendfrisch und lieblich. Sie machte jedoch ein erschrockenes Gesicht, als sie die Mutter sah und fragte besorgt:

„Mütterchen, fehlt dir etwas? Bist du krank?"

„Beinahe!", sagte Anna, „du machst mich krank."

„I–ch", rief Hanna gedehnt. Anna gab ihr den Brief mit den Worten: „Lies, dann wirst du alles wissen."

Hanna öffnete unter tiefem Erröten. Als sie nun aber die Unterschrift sah, wechselte sie plötzlich die Farbe. Dann legte sie den Brief ruhig auf den Tisch und sagte einfach: „Da hat sich der gute Herr Olsen geirrt. Ich habe ihn ganz gern, aber mehr nicht."

Da fragte Anna: „Ist dir denn jemand anders lieber?"

„Ja, Mutter, wenn du mich fragst, muss ich es sagen."

Im Nebenzimmer jubelte jemand siegesfroh: „Gott sei Dank, ich wusste es."

„Darf ich den Namen wissen?", fragte Anna.

Sie sagte leise: „Er wohnt bei uns im Rosenhaus."

„Weißt du denn aber, ob Herr Maß dich gern hat?"

„Ich weiß es nicht, aber ich glaube es."

Nun konnte Tante Julia sich nicht länger halten. Sie kam zum Vorschein und rief: „Ich glaube es nämlich auch, und Mutter weiß es gewiss."

In diesem Augenblick klopfte es. Ika steckte den Kopf herein und klagte:

„Fräulein Julia, die Kartoffeln kochen; Sie wollten die Koteletts selber braten und kommen gar nicht."

„Mache du sie nur heute, so gut du kannst."

Ika streifte mit ihrem Blick die drei Menschen und ging kopfschüttelnd hinaus.

Es folgte eine bewegte Unterredung. Anna legte ihrem Kind noch einmal alle Gründe dar, sagte, es sei zu bedenken, dass Herr Maß arm sei und Hanna nur eine geringe Aussteuer würde haben können. Herr Olsen dagegen sei wohlhabend, sogar reich zu nennen und habe schon jetzt eine gute Stelle.

Als aber Hanna versicherte, dass sie Herrn Maß liebe, dass es ihr nicht auf Reichtum ankomme sondern nur darauf, glücklich zu werden, und dass Herr Maß doch schon im nächsten Jahr auf eine Pfarrstelle hoffen dürfe, da gab Anna gern ihre Zustimmung. Julia aber meinte, der arme Herr Maß, der von Anna eigentlich etwas stiefmütterlich behandelt worden sei, müsse nun schnell gerufen werden.

„Wollen wir nicht bis nach dem Essen warten?“, fragte Anna erschöpft.

„Ja, wenn wir ohne ihn essen wollen. Er wird doch unter diesen Umständen nicht erscheinen.“

„Mütterchen,“ wandte Hanna ein, „könnten wir es nicht so machen, dass ich nicht bei Tisch erscheine – es fällt weniger auf –, und nachmittags könnten wir dann –“

„Ja, Anna, so ist's am besten“, stimmte Julia zu. „Jetzt muss er aber gerufen werden, damit er aus seiner Pein erlöst wird.“

Hanna ging in ihr Zimmer, sie musste eine Weile mit ihren Gefühlen allein sein, die sie zu ersticken drohten.

Julia aber rief laut: „Ludovika!“

„Bei vollem Namen ruft sie mir, da muss was Wichtiges vorgegangen sein“, dachte Ika, band die Küchenschürze ab und eilte ins Zimmer.

„Gehe einmal hinauf zu Herrn Maß und bitte ihn, gleich zu uns zu kommen.“

„Herr Maß? Der ist gar nicht mehr da. Er ist vor einer Weile mit die Reisetasche, hast mir nich gesehen, zur Gartenpforte hinausgerast. – Das Essen ist auch fertig.“

„Sind die Kinder da?“, fragte Julia mit matter Stimme.

„Allens ist da.“ Dann ging sie zur Türe hinaus.

„O Julia, welch ein Tag!", rief Anna. „Was nun?"

Julia hörte sie nicht mehr. Sie hatte das Zimmer verlassen, so schnell sie ihre Füße zu tragen vermochten.

Nach einer Weile erschien sie wieder und sah die verstörte Hanna neben der Mutter sitzen. „Wir möchten zu Mittag essen, die Kinder sind da", rief sie und verschwand, als habe sie Furcht, noch mehr sagen zu müssen.

„Wo bleibt denn aber Julius?", fragte Anna besorgt.

„Er wird bald kommen", war die kurze Antwort der Tante.

„Wir wollen anfangen, sonst werden die Speisen kalt."

„Herr Maß ist auch noch nicht da", platzte der Dicke heraus, worauf Hanna so errötete, dass Erika plötzlich ein Licht aufging. Sie sagte zu Ludwig, der neben ihr saß: „Iß du nur deine Suppe und kümmere dich um sonst nichts."

Es wurde diesmal wenig gegessen und noch weniger gesprochen. Anna aber dachte bei sich: Im Rosenhaus ist ja alles schön und gut, aber Verlobungen –

Das Essen war beendet. Man war bereits aufgestanden, und von Julius fehlte noch immer jede Spur.

„Wo steckt der Junge nur?“, rief Anna unruhig. „Er ist stets pünktlich –“

Julia winkte ihr mit der Hand. „Ich habe ihn fortgeschickt.“

Dann hörte man eilige Tritte, die Tür wurde aufgerissen und Julius erschien, außer Atem. Die Tante machte ihm ein Zeichen zu schweigen und wies auf den Tisch mit den Worten: „Armer Kerl, du musst mit den Resten vorlieb nehmen.“

Er trocknete sich den Schweiß von der Stirn und flüsterte leise: „Tante, ich habe ihn!“

Ihr Gesicht überzog sich mit einem Freudenschein, sie wollte Hanna freundlich zunicken, doch sie und die Mutter waren bereits verschwunden.

Ludwig und Grete aber standen zu beiden Seiten des Bruders und sahen zu, wie er sich's schmecken ließ.

Die Tante setzte sich in seine Nähe und zog die Kinder zu sich heran.

„Ihr müsst dem Julius nicht jeden Bissen in den Mund zählen. Ich will euch etwas Besseres sagen: Ihr wisst doch, ich habe oben eine geheimnisvolle Kammer mit allerlei schönen Sachen von früher. Heute sollt ihr den Schlüssel dazu haben. Ihr mögt heute Nachmittag dort spielen. Erika geht mit und schließt euch auf."

Die Kinder jubelten. In der Kammer zu kramen, war ihr schönstes Vergnügen. Erika allerdings sah aus, als würde sie lieber unten bleiben, um die Lösung des Rätsels zu erleben, doch als Julia freundlich sagte: „Geh nur jetzt, Erika, du tust uns allen einen Gefallen", da nahm sie die Kinder an die Hand und verschwand.

Die Tante war nun endlich mit Julius allein. Sie konnte kaum erwarten zu hören, was er ausgerichtet hatte.

„Es war eine harte Arbeit, Tante", begann er. „Ich bin gerannt, so schnell ich konnte und kam gerade in dem Augenblick auf den Bahnsteig, als Maß in den Zug steigen wollte. Ich richtete ihm deine Botschaft aus und sagte ihm außerdem Verschiedenes, was ihn veranlasste, mir zu folgen."

„Wo ist er denn?"

„Oben in seinem Zimmer. Geh du nur zu ihm, du wirst am besten mit ihm fertig."

„Das ist auch meine Absicht. Dir dank ich, du hast deine Sache gut gemacht."

Die Tante ging nach oben. Auf ihr Klopfen kamen zögernde Schritte; die Tür wurde geöffnet, und ein sehr verlegener junger Mann lud sie zum Nähertreten ein.

„Sie haben mir nie Veranlassung gegeben, böse auf Sie zu sein, mein junger Freund, aber heute bin ich doch erzürnt im vollsten Sinne des Wortes. Was haben Sie uns allen in der letzten Stunde für Aufregung gemacht! Haben Sie eine Entschuldigung?"

Herr Maß stand da wie ein begossener Pudel. Eine solche Rede hatte er von Fräulein Julia noch nie gehört.

„Haben Sie nichts zu erwidern?"

Nun sagte er, dass er nicht anders habe handeln können. Als er hörte, dass sein Freund Olsen einen Antrag gestellt, habe er zwischen ihm und sich Vergleiche ziehen müssen. Sie seien eben zu seinen Ungunsten ausgefallen. Da er nun Fräulein Hanna von ganzem Herzen liebe, so habe er ihr ein besseres Los bereiten wollen, als sie bei ihm gehabt haben würde. So sei er zu dem schnellen Entschluss, sobald wie möglich das Haus zu verlassen, gekommen.

„Wussten Sie denn nicht, dass Hanna für Sie mehr empfand als für Herrn Olsen?"

„Zuweilen wollte es mir scheinen, als ob ich ihr nicht gleichgültig sei. Doch Gewissheit darüber hatte ich nicht."

„Meine Schwester hatte Ihnen aber doch gar keinen Korb gegeben –"

„Ich hatte das Gefühl als ob Ihre Frau Schwester lieber meinem Freunde die Tochter gegeben –"

„Sie törichter Mann! Es kommt doch schließlich auf die Tochter an. Und die will nichts von Herrn Olsen wissen, sondern hat ihrer Mutter erklärt, dass ihr Herz Ihnen gehört."

Da ergriff er Julias Hände und drückte sie so kräftig, dass sie lächelnd sagte: „Nur nicht so stürmisch, junger Freund. Die Hauptsache fehlt nun doch. Erholen Sie sich von allen Ängsten, die Sie sich selbst gemacht haben, und dann kommen Sie in mein kleines Zimmer, da wird sich dann das Weitere finden."

Mit diesen Worten ging sie und klopfte bei Anna an. Aber niemand meldete sich. Nun ging sie in die Küche.

„Ika, wo ist meine Schwester?"

„Frau Amtsrichter hat einen Brief geschrieben und hat ihm selbst eingestochen, was ich doch sonst immer muss, oder einer von die Kinder. Jetzt geht sie immer unten in Garten mit Fräulein Hanna auf und ab, und Fräulein Hanna –"

Ika wusste Bescheid oder ahnte den Zusammenhang, denn sie war ein kluges Mädchen und weibliche Neugierde auch ihr Erbteil.

Als Julia aus der Haustür trat, sah sie Ludwig und Gretchen mit einem großen Schaukelpferd hantieren.

„Ihr hier, ihr Krabben? Ich habe euch ja in die Kammer geschickt –"

„Tante, bei dem herrlichen Sommerwetter konnten die Kleinen es oben nicht aushalten, es war eine mörderische Hitze in der Kammer. Du bist wohl nicht böse, dass wir das Schaukelpferd nach unten genommen haben", sagte Erika, die mit einem Buch vor der Tür saß.

„Meinetwegen macht, was ihr wollt. Mir ist alles recht. Sorge nur dafür, dass alle Sachen wieder auf den rechten Platz kommen."

Julia suchte nun die Schwester und Hanna auf und gesellte sich zu ihnen. Nach einer Weile ging Anna mit ihrer Tochter ins Haus; die Tante setzte sich zu Erika und sah dem Spiel der Kinder zu.

Es währte lange, sehr lange. Julia hatte schon etliche Male nach den geschlossenen Fenstern gesehen, aber alles blieb still. Endlich öffnete jemand in der vorderen Stube die Fenster. Anna sah mit fröhlichem Gesicht heraus und sagte: „Julia und Erika, wollt ihr nicht hereinkommen?"

Anna war allein, aber die Tür nach dem andern Zimmer war weit geöffnet. Anna nahm die Schwester unter den einen Arm, Erika unter den anderen und rief:

„Kommt, wir haben ein glückliches Brautpaar."

* * *

Helle Freude herrschte nicht nur im Rosenhaus, nein, auch bei allen Bekannten und Freunden. Ruth, die wohl etwas von dem Herzensgeheimnis der Freundin geahnt, war die erste, die Glück wünschte; auch ihre Eltern nahmen, wie sich denken lässt, lebhaften Anteil an dem frohen Ereignis. Die Mutter des Bräutigams, die Hanna ja kannte und in ihr Herz geschlossen hatte, schrieb sehr glücklich über die Verlobung. Am liebsten hätte sie die jungen Leute bei sich gesehen, doch da ihre Räumlichkeiten zu beschränkt waren, wurde beschlossen, der Sohn solle hinfahren und die Mutter dann mit ins Rosenhaus bringen.

Herrn Maß wurde die erste Trennung von der Braut sehr schwer. Doch die letzten acht Tage der Ferienzeit sollten der Mutter gewidmet werden.

Die Mutter wurde dann mit großer Freude im Rosenhaus empfangen. Was damals als Herzenswunsch bei ihr aufgetaucht war, das war nun Erfüllung geworden. Sie drückte ihre Schwiegertochter bewegt ans Herz und erbat Gottes Segen für das Brautpaar.

Es folgte eine stille und ruhige Zeit. Mutter und Schwiegertochter lebten sich miteinander ein, Hanna erklärte ein über das andere Mal, das Mütterchen müsse später ganz zu ihnen ziehen. Der Briefwechsel zwischen Hanna und Richard war sehr rege; Hanna war seit ihrer Verlobung viel lebhafter und mitteilsamer, sie blühte auf wie ein Röschen, und jedermann freute sich mit ihr ihres Glückes.

* * *

Noch etwas Schönes stand der Braut bevor. Die Pfarrerfamilie plante eine Badereise und hatte schon vor Hannas Verlobung gebeten, sie als Reisegefährtin mitzunehmen. Anna hatte damals gern ihre Zustimmung gegeben. Nun rückte der Zeitpunkt der Reise immer näher.

„Ich habe es jetzt zu gut, Mutter", sagte sie eines Tages, „die arme Erika schwitzt beim Lernen und ich schwelge nur so in den Genüssen."

„Erika macht das Lernen Freude, für sie wird auch einmal eine Zeit der Erholung kommen. Wer weiß, was für schöne Reisen sie sich später wird leisten können!"

„Und ich verdiene gar nichts, Mutter. Ich habe jetzt oft gedacht, ob ich nicht, bis Richard sein zweites Examen gemacht hat, etwas tun könnte."

„Den gleichen Gedanken hatte ich auch, Hanna. Du könntest hier entbehrt werden und würdest nur gewinnen, wenn du in einen Haushalt gehen würdest, wo du dich im Kochen und allen häuslichen Arbeiten vervollkommnen könntest. Wir wollen sehen, wie es sich macht, vielleicht findet sich etwas. Genieße jetzt froh die Thüringer Reise. Später wollen wir dann darüber reden."

Hanna war froh, dass die Mutter dachte wie sie. Sie wollte sich selbst etwas verdienen und recht sparsam sein, damit sie zur Aussteuer wenigstens etwas beitragen könne.

Sie wusste, wie schwer es der Mutter wurde, allein das Notwendigste anzuschaffen.

Die Reise und das Leben im Badeort brachten Hanna und Ruth viel Vergnügen. Die beiden Mädchen strahlten vor Glück, dass sie einige Wochen miteinander verleben und gemeinsam alles Schöne, was diese Reise mit sich brachte, genießen durften. Ruths Vater beschäftigte sich oft mit den beiden Mädchen. Da seine Frau viel ruhen musste, streifte er mit ihnen durch die schönen Wälder und stieg mit ihnen auf die Berge der näheren Umgebung.

Fühlte sich seine Frau frisch genug, dann machte man gemeinsame Spaziergänge oder traf sich mit Bekannten. Beim Brunnen traf man sich an jedem Morgen mit einer älteren Dame, die sehr leidend war und nur kurze Strecken gehen konnte. Da die Pfarrfrau das weite Gehen auch nicht vertrug, setzte man sich öfters zusammen. So wurden die Damen miteinander bekannt. Ein Wort gab das andere, und schon bald wusste man, dass die Dame Bogelius hieß und schuldlos geschieden war. Ihr Mann war ein leichtsinniger Verschwender gewesen und hatte sie mit ihrem einzigen Kind sitzen lassen. Da war sie zu ihrem Vater gezogen. Das Kind war früh gestorben, so dass sie außer ihrem Vater niemand mehr auf der Welt hatte. Sie schien in guten Verhältnissen zu leben: oft nahm sie einen Wagen zu Spazierfahrten und wohnte im teuersten Hotel. Die beiden jungen Mädchen schienen ihr sehr zu gefallen. Sie unterhielt sich oft und gern mit ihnen und äußerte einmal den Wunsch, dass sie am liebsten eine von den beiden mit sich nehmen würde.

„Meine Ruth“, meinte die Mutter da, „kann ich leider nicht hergeben, sie ist mir gerade jetzt, da ich selbst seit einiger Zeit kränkle, unentbehrlich. Ob Frau Böckel Ihnen die Hanna geben will, weiß ich nicht. Ich glaube kaum, denn das junge Mädchen ist verlobt –"

„Wie schade", sagte Frau Bogelius. „Ich glaubte, die beiden seien Schwestern –"

„Nein, das nicht. Sie sind nur sehr gute Freundinnen."

Als eben diese Worte gesprochen wurden, erschienen sie auf der Bildfläche. „Nun", sagte Frau Pfarrer scherzweise, „Frau Bogelius will eine von euch mitnehmen, wer möchte mit ihr ziehen?"

Ruth meinte, sie möchte wohl ganz gern einmal woanders hin, aber sie könne doch ihre Mutter jetzt nicht allein lassen. Hanna jedoch, die Zuneigung zu der Dame gefasst, machte ein sehr vergnügtes Gesicht und sagte zum großen Erstaunen der beiden Frauen, dass sie gar nicht abgeneigt sei, für ein Jahr eine Stelle anzunehmen, in der sie sich in allem, was zu einem guten Haushalt gehöre, vervollkommnen könnte.

„Das würden Sie in jeder Beziehung, Fräulein Hanna", entgegnete die Dame. „Wir haben eine gute Köchin, von der Sie vieles lernen könnten. Wenn Sie dann in den Nachmittagsstunden meinem Vater vorlesen und ihn vielleicht auch musizierend erfreuen könnten, so wäre uns allen geholfen. Sie sollten es gut bei uns haben, ja, ich würde Sie halten wie meine Tochter."

Konnte Hanna sich etwas Besseres wünschen? Es fiel ihr ganz ungewollt zu und doch stimmte es mit ihren Plänen überein. Frau Bogelius bat sie, einmal zu ihr nach Hause zu kommen, um sich an Ort und Stelle alles anzusehen, bevor sie der Mutter davon schrieb.

Frau Bogelius wohnte mit ihrem Vater in einer kleinen Stadt ganz in der Nähe des Bades. Hanna sollte ein gutes Gehalt bekommen, ihrem Vater kam es vor allem darauf an, dass das junge Mädchen aus guter Familie und gebildet war.

Hanna schrieb das alles der Mutter und erhielt schon bald eine zustimmende Antwort.

Richard, dem Hanna gleichfalls ihr Vorhaben mitteilte, war auch einverstanden, aber er machte zur Bedingung, sie vorher noch einmal sehen zu müssen. Bis zum Herbst war er auf dem Landgut des Herrn von Brügge, und im Oktober ging es wieder nach dem Süden. Zu Ostern wollte er vielleicht, wie Tante Julia es ihm angeboten hatte, ins Rosenhaus übersiedeln, doch bestimmt wusste er es noch nicht.

Einstweilen kehrte Hanna nach Hause zurück; denn erst nach den Herbstferien, die sie mit ihrem Verlobten im Rosenhaus zu verleben gedachte, wollte sie, so war es ausgemacht, die Stelle bei Frau Bogelius in Thüringen annehmen.

In der Fremde

Es war an einem Spätnachmittag Mitte Oktober; ein D-Zug hielt auf dem Bahnhof einer thüringischen Stadt.

Eine junge Dame entstieg eben dem Abteil, als ein Mädchen auf sie zukam, mit der Frage, ob sie Fräulein Hanna Böckel sei. Die Reisende bejahte die Frage, worauf das Mädchen ihr die Sachen abnahm und sagte, dass Frau Bogelius sie schicke, um sie nach Villa Auguste zu bringen. Hanna war fast den ganzen Tag gefahren. Nun brannten schon die Lampen, und sie konnte von der Stadt und ihrer Umgebung nicht viel sehen. Es war ihr etwas eigentümlich zu Mute, so das erstemal in der Fremde zu sein, denn die vier Wochen im Badeort hatte sie mit lieben Freunden aus der Heimat verlebt. Frau Bogelius kannte sie zwar schon, aber wie würde sie sich sonst einleben, ohne die Mutter und die Geschwister? Sie hatten ein gutes Stück zu gehen, da der Bahnhof etwas außerhalb der Stadt lag, und mussten bald quer durch das ganze Städtchen. Jetzt kamen einige hübsche Villen, von Gärten umgeben.

Vor dem letzten Haus machte das Mädchen halt, zog einen Schlüssel aus der Tasche und schloss das eiserne Gartentor auf. Sie betraten einen Kiesweg und gelangten bald in einen hell erleuchteten Hausflur.

„Seid ihr endlich da, Lina? Willkommen, liebes Fräulein Hanna!“, sagte eine bekannte Stimme, und Frau Bogelius streckte ihr die Hand entgegen.

„Es tut mir Leid, Frau Bogelius“, begann Hanna schüchtern, „dass Sie meinetwegen so lange warten mussten.“

„Ich liebe das Langeaufbleiben“, war die Antwort. „Mein Vater geht schon früh zur Ruhe; ich schreibe gern noch Briefe oder lese noch etwas.“ Hanna schien es, als ob Frau Bogelius etwas Bedrücktes an sich habe. Nun ja, sie hatte auch viel Trauriges erlebt. Auch Hanna wusste von einer Zeit, wo es wie ein Druck auf ihrem jungen Herzen gelegen hatte. Das war, als ihr Vater so plötzlich ums Leben kam, und dann die Geschichte mit dem Bruder. Aber nun war sie glücklich, so glücklich, wie nur ein Menschenkind sein konnte. Sie dankte Gott täglich für das große Geschenk, das er ihr in ihrem Verlobten gemacht hatte. Wie fühlten sie immer mehr, dass ihre Herzen im innersten Einverständnis zueinander standen.

Dieses Glück gab ihr Mut und Freudigkeit, alles, was ihr nun neu und fremd entgegentreten mochte, willig auf sich zu nehmen, ihre Pflichten treu zu erfüllen und möglichst viel aus dieser Zeit hier zu lernen.

An diesem Abend freilich wollte das Heimweh nach dem Rosenhaus mit den geliebten Bewohnern immer wieder hervorbrechen.

Lina, das Stubenmädchen, hatte sie nach oben in ihr sehr hübsch eingerichtetes Zimmer geführt. Als sie dann gute Nacht gewünscht und Hanna allein gelassen hatte, dachte sie an ihre Schwester Erika, mit der sie immer einen Raum geteilt hatte. Wie viele fröhliche Abende hatte sie gemeinsam mit der Schwester in ihrem eigenen Zimmer verlebt. Wie waren sich die Schwestern in den letzten Jahren trotz ihrer Verschiedenheit doch nahe gekommen! Erika und Ruth waren die Vertrauten ihres Herzens gewesen, ihre besten Freundinnen.

Unter dem Gedanken an das Rosenhaus schlief sie ein und erwachte erst ziemlich spät. Sie erhob sich schnell und kleidete sich sorgfältig an. Dann sah sie aus dem Fenster. Ein dichter Nebel verhüllte die Gegend. Da Frau Bogelius ihr die Weisung gegeben, nach dem Aufstehen ins Esszimmer hinunterzugehen, klopfte sie dort an. Ein kräftiges Herein forderte zum Eintreten auf. Ein alter Herr saß allein am Kaffeetisch und rief ihr schon von seinem Stuhl aus ein freundliches „Guten Morgen" zu. Dann fügte er hinzu: „Das ist wohl das kleine Fräulein, das mir vorlesen soll, wenn ich Langeweile habe. Setzen Sie sich, Kind, und bedienen Sie sich. Meine Tochter kann erst später erscheinen, mir müssen Sie es nicht übel nehmen, dass ich Sie im Sitzen begrüßt habe. Ich habe ein steifes Bein, das Aufstehen wird mir schwer. Ich heiße übrigens Arend."

Kurz und knapp kamen die Worte heraus, doch

fühlte Hanna sich sofort zu dem alten Herrn hingezogen.

„Sie könnten mir eigentlich gleich etwas vorlesen, liebes Fräulein“, sagte er, nachdem Hanna das Frühstück beendet hatte. „Ich höre dann gleich, wie Sie lesen, und kann Ihnen meine Wünsche sagen, bin nämlich etwas eigen damit.“

„Soll ich vielleicht den Morgensegen lesen?“, fragte Hanna schüchtern, die sich nicht denken konnte, dass man zu Beginn des Tages etwas anderes als Gottes Wort hören wolle.

„Meinetwegen lesen Sie, was Sie wollen“, sagte er. Sie sah sich im Zimmer um. Da sie kein Buch entdeckte, lief sie schnell nach oben, holte ihr Neues Testament, worin der Bibellesezettel lag, sah nach dem Tagestext und las mit klarer, andächtiger Stimme vor.

Der alte Herr, der an alles andere gedacht hätte, als etwas aus der Bibel zu hören, hatte sie gutmütig gewähren lassen. Er wollte sie am ersten Morgen nicht noch mehr einschüchtern, außerdem fand er großes Wohlgefallen an Hannas Natürlichkeit. Er sagte nur: „Sie lesen gut, nur ein klein wenig lauter ein andermal. Nun kommt aber die Zeitung dran.“

Jetzt erst bemerkte Hanna, dass er neben seiner Kaffeetasse die Zeitung liegen hatte. Sie solle nur den politischen Teil lesen, das andere habe Zeit bis zum Nachmittag.

„Wir werden wohl oft den Kaffee allein einnehmen müssen", meinte der Major. „Meine Tochter soll lange ruhen, sie muss sich sehr nach den Vorschriften des Arztes richten. Sie wird aber bald erscheinen und Sie mit Ihren Pflichten bekannt machen." Der alte Herr drückte auf eine Klingel, die er neben sich stehen hatte, worauf ein junger Mann erschien, an dessen Arm er das Zimmer verließ.

Bald erschien auch Frau Bogelius. Sie nickte Hanna zu, ging dann zu ihrem Vater, ihn zu begrüßen und sagte, als sie wiederkam: „Sie werden also von morgen an um sieben Uhr unten sein, meinem Vater den Kaffee einschenken und ihm etwas vorlesen. Er liebt das Frühaufstehen und sitzt nicht gern allein am Kaffeetisch. Dann sollen Sie aber auch, wie ich Ihnen versprochen habe, etwas lernen. Sie gehen jeden Morgen mit in die Küche, wir haben eine sehr gute Köchin. Mein Vater liebt ein gutes Essen. Sie werden manches kennen lernen, was Sie vielleicht noch nicht wussten."

„Aber", wandte Hanna bescheiden ein, „ich werde später sehr sparsam und bescheiden leben müssen."

„Das können Sie deshalb doch, liebes Kind. Man kann dazutun und weglassen, wenn man die Speisen zubereitet. Die Hauptsache ist, dass man es richtig macht."

Das Leben zeigte sich von einer sehr angenehmen Seite. Je bekannter Hanna mit allen wurde, desto weniger steif und vornehm kam es ihr hier vor. Sie wusste nicht, dass sie sich durch ihre Lieblichkeit und Freundlichkeit die Herzen erobert hatte. Der alte Major beobachtete sie im Stillen, mit welcher Geschicklichkeit sie ihm das Frühstück bereitete, wie offen sie alle seine Fragen beantwortete, wie sie, wenn sie ihren Kaffee getrunken hatte, ihm so selbstverständlich und ausdrucksvoll den Morgensegen vorlas und dann zur Zeitung griff. Was in des alten Mannes Herz vorging, als sie las: „Seid niemand nichts schuldig, denn dass ihr euch untereinander liebet", das ahnte sie nicht.

Einmal kam Frau Bogelius dazu, als Hanna gerade die Morgenandacht las, und schüttelte verwundert den Kopf. Als der Vater in seinem Zimmer war, fragte sie, auf das Buch zeigend: „Lesen Sie meinem Vater jeden Morgen daraus vor?"

Sie bejahte es und meinte auf die Frage von Frau Bogelius, wieso sie dazu komme: „Ich glaubte, es gehöre zur Hausordnung."

„Tun Sie es nur weiter, liebe Hanna, wenn mein Vater nichts dagegen hat. Wir haben früher ohne Gottes Wort gelebt, und ich habe erst später darin Trost gefunden und Kraft zum Tragen aller Widerwärtigkeiten. Mein Vater hat sich bis jetzt ablehnend verhalten; ich freue mich, dass er zuhört, wenn Sie ihm daraus vorlesen."

Hanna sah erschrocken aus. „Soll ich es lieber nicht mehr tun?"

„Gewiss sollen Sie es. Ich wünschte nur, es hätte

von Anfang an ein christlicher Sinn in unserem Hause geherrscht, dann hätte sich wohl manches nicht ereignet."

Doktor Müller kommt wieder

Im Rosenhaus herrschte stets großer Jubel, wenn ein Brief von Hanna eintraf. Sie und Erika führten außerdem ihre eigene Korrespondenz, durch die sie sich innerlich immer näher kamen. Erika und Julius verstanden sich sehr gut; sie nahm lebhaften Anteil an seinen Arbeiten und sprach auch gern ihre Aufsätze mit ihm durch. Erikas Augen vertrugen jetzt besser als früher das Lesen und Schreiben.

Eines Tages, es war einige Wochen nach Neujahr, erinnerte sich die Mutter, dass der Augenarzt noch keine Rechnung geschickt hatte. So schrieb sie einige höfliche Worte und unterzeichnete Anna Böckel, geb. Golf.

Doktor Müller saß am nächsten Morgen vor seinem Schreibtisch und öffnete die Post. Da fiel ihm das kleine Billet in die Hände. Er überflog die Zeilen und las die Unterschrift.

Unwillkürlich entfiel das Billet seinen Händen. „Also doch!“, murmelte er. „Wie ist das möglich! Diese Frau Amtsrichter mit all den erwachsenen Kindern sollte die gute Tante Anna sein?“ Jedenfalls musste die Sache schnellstens geprüft werden, und diesmal gründlich. Seit kurzem war er so weit, dass er die geliehenen Gelder abtragen konnte, nun wollte er alles daransetzen, die Tante aufzufinden.

Gegen Abend betrat er nun zum zweiten Mal das

Rosenhaus. Schon als er den Garten durchschritt, hörte er musizieren. Das gleiche Mädchen, das er damals angetroffen hatte, öffnete ihm die Haustür. Auf seine Frage: „Kann ich Frau Böckel sprechen?" sagte sie: „Ich hab Ihnen schon einmal gesehen. Damals war die Herrschaft nicht zu Hause, und heute machen sie Musik, immer einmal in der Woche mit die Bekannten. Frau Amtsrichter sitzt gerade am Klavier und spielt, da darf ich ihr nicht dazwischenkommen. Darf ich Ihren Namen notieren ?"

„Ich komme lieber noch einmal wieder. Sagen Sie, ein Herr hätte Frau Böckel sprechen wollen; er würde sich erlauben, morgen Mittag wieder vorzusprechen."

Der Doktor machte ein unzufriedenes Gesicht. Als Ika das bemerkte, meinte sie: „Wenn Sie etwas Dringendes mit Frau Amtsrichter zu besprechen haben, kommen Sie nur. Es wird sich wohl einrichten lassen."

„Das denke ich auch", dann murmelte er etwas, das Ika nicht verstand, und machte kehrt.

Ein Weilchen stand er noch draußen und lauschte der Musik. Er wäre am liebsten unter den Gästen im Musikzimmer gewesen, aber dieses Mädchen! Ika aber trat sehr wichtig zu den beiden Schwestern, als der Musikabend beendet war und die Gäste sich verabschiedet hatten.

„Ika hat noch etwas auf dem Herzen", meinte Anna. „Nun, was ist es, Ika?"

„Frau Amtsrichter, er will Ihnen durchaus sprechen."

„Wer denn?"

„Nun, der Herr, der im Sommer schon einmal hier war mit die Proben. Fräulein Julia meinte, er wäre wohl ein Reisender oder so etwas."

„Hättest ihn nur ein für allemal abweisen sollen. Wenn ich etwas kaufen will, habe ich in der Stadt Gelegenheit genug."

„Zum Abweisen sah er mich doch ein bisschen zu fein aus. Ich glaub doch, es is ein ganz vornehmer Herr. Ich hab ihm deswegen auch gesagt, er soll nur morgen Mittag wieder kommen."

Julia schüttelte den Kopf und sagte, nachdem Ika gegangen war: „Wenn das Mädchen nur nicht wieder eine rechte Dummheit gemacht hat. Mit Fremden umzugehen lernt sie nie."

Am andern Tag läutete Doktor Müller wieder im Rosenhaus. Diesmal bat das Mädchen höflich, wie Fräulein Julia befohlen, näher zu treten, öffnete das vordere Zimmer und bat, Platz zu nehmen.

Doktor Müller betrachtete inzwischen die schönen Kupferstiche an der Wand. Er war gerade in den Anblick einer Landschaft versunken, als sich die Tür öffnete. Als er sich umwandte, erkannte er sofort die langjährige Freundin seiner Mutter. Die stutzte einen Augenblick, dann sagte sie: „Ich weiß nicht, mein Herr, ob ich mich täusche – ich glaube –"

„Ich bin Wolfgang Müller. Ich freue mich, Sie

endlich gefunden zu haben. Aber ich war, solange ich denken kann, Wolfgang für Sie, ist denn die Freundschaft nun aus?"

„Gewiss nicht", sagte sie nun herzlich. „Also, willkommen, Wolfgang, nach vielen Jahren. Ich glaubte, du habest mich vergessen, da ich außer einem Brief nichts mehr von dir hörte."

„Doch, ich habe noch einmal geschrieben. Doch der Brief kam als unbestellbar zurück, ich hatte keinen Anhaltspunkt, wohin ich mich nun wenden sollte. Das Studium nahm mich ganz in Anspruch, und ich glaubte, es sei vernünftiger, fleißig zu sein und zu sparen und erst dann nach meiner Gönnerin zu forschen."

Dann erzählte er ausführlich von seinem Leben, dass er sich zuerst in einer süddeutschen Stadt als Arzt niedergelassen und dort viel Erfolg gehabt habe. Zum Schluss sagte er, dass er durch ihren gestrigen Brief endlich auf die rechte Spur gekommen sei.

„Durch meinen Brief?", sagte sie ungläubig. „Ich habe doch nicht geschrieben?"

„An den Augenarzt Doktor Müller. Dieser Arzt bin ich."

„Sie – du bist der Augenarzt, der meine Erika behandelt hat?"

Er machte lächelnd eine Verbeugung. „Nicht du, liebe Tante Anna, bist mein Schuldner, sondern ich bin deiner. Ich bin gekommen, meine Schulden abzutragen. Verzeih, dass es so lange gedauert hat."

Sie drückte ihre Verwunderung aus, dass er überhaupt schon die Summe hatte sparen können und verhehlte ihm auch nicht, dass sie unter den jetzigen Verhältnissen öfters den Wunsch gehegt habe, wenigstens etwas von dem Geld zurückzuerhalten. Jetzt eben sei der Zeitpunkt da, wo sie es für die Kinder, besonders für den ältesten Sohn, der auch Medizin studiere, nötig brauche.

„Was ich dir sonst schulde, Tante Anna, kann ich dir nie vergelten. Du hast mir nicht nur das Leben gerettet, sondern ihm eine andere Wendung gegeben. Ich habe deinen Rat befolgt und habe gelernt, dass das Leben nur Wert hat, wenn man an Gott glaubt und an seinen Sohn, der uns zur Erlösung gegeben ist."

„Wie würde sich deine selige Mutter freuen, wenn sie dies Bekenntnis gehört hätte."

Sie besprachen noch manches miteinander und Anna berichtete kurz ihren weiteren Lebensweg.

Zum Schluss sprach Dr. Müller die Bitte aus, ob es ihm erlaubt sei, im Rosenhaus zu verkehren, worauf Anna ihn bat, bald ihrer Schwester einen Besuch zu machen. Julia würde ihn sicher als Freund des Hauses aufnehmen.

Dann erfolgte die Rückzahlung des Geldes und eine sehr herzliche Verabschiedung. Anna geleitete ihren ehemaligen Schützling bis an die Haustür und ging dann in die Küche, wo Erika mit Tante Julia in eifriger Unterhaltung stand.

„Gewiss, Tante, du kannst es glauben, es war mein Augenarzt. Ich stand auf der Treppe und habe deutlich gehört, dass Mutter ihn Wolfgang nannte, und er sagte: ‚Tante Anna'."

„Du hast ganz Recht, Erika", unterbrach die Mutter, „dein Doktor Müller ist der Sohn meiner Freundin Margarete, von der ich euch öfters erzählt habe. Julia, dich bitte ich, komm einen Augenblick mit mir. Du kannst hier bleiben, Erika, nein, rufe die Geschwister und geh mit ihnen ins Esszimmer, wir kommen gleich."

„Ja, es ist höchste Zeit zum Essen", fügte die Schwester hinzu. „Was hast du mir noch Wichtiges zu sagen, Anna?"

Anna zog das Kuvert aus der Tasche und legte die blauen Geldscheine vor Julia hin. „Sieh her, Schwester, nun kann ich meinen Julius leichten Herzens studieren lassen. Hier sind meine ganzen Ersparnisse."

Die Schwester schlug vor Erstaunen die Hände zusammen. „Wo kommt das viele Geld her?"

„Redlich erworben, liebe Julia." Und nun erzählte sie, wie sie diese Ersparnisse angewandt und wie heute Doktor Müller alles zurückbezahlt habe.

„Und das hast du mir verschwiegen? Ich habe dich für verschwenderisch gehalten, habe mich oft im Stillen gewundert, dass du gar nichts gespart hattest."

„Weil man nicht gern von Wohltaten spricht, die

man andern erweist, und weil ich es Wolfgang versprochen hatte.“

„Du bist viel zu gut, Anna.“

„Nun lass uns gehen, die Kinder warten.“

Aufklärungen

Die Sonne sandte ihre warmen Frühlingsstrahlen ins Tal und auf die Höhen des Thüringer Waldes. Schon regte es sich überall, auf den Feldern wuchs die grüne Saat, auf den Wiesen spross das Gras und in den Gärten und Wäldern streckten sich die Blümlein der Sonne entgegen und erschlossen ihre Kelche. Jetzt erst merkte Hanna, wie schön es hier war. Welch eine Freude, auf die Berge zu wandern und von da ins Land zu schauen und sich der Herrlichkeit Gottes zu freuen! Leider konnten der alte Herr und seine Tochter an solchen Spaziergängen nicht teilnehmen. Aber mit Frau Bogelius' Befinden ging es von Woche zu Woche besser.

Der alte Major mochte sich nicht mehr von Hanna trennen; er nannte sie oft scherzweise sein Töchterchen und behauptete, sie müsse immer bei ihnen bleiben. Dann pflegte sie zu erröten, Frau Bogelius aber bedeutete dem Vater immer wieder, dass Hanna mit einem jungen Theologen verlobt sei und bald zu heiraten gedächte.

Eines Tages sah Frau Bogelius zufällig einen Brief, den Hanna an eine Frau Ulrike Maß adressiert hatte. Sie kümmerte sich eigentlich nie um Hannas Post. Sie schrieb regelmäßig an ihren Verlobten und nach Hause und beförderte ihre Briefe immer selbst in den Briefkasten. Heute hatte sie das Mädchen darum gebeten.

„Was ist das für eine Frau Maß, an die Sie geschrieben haben, Hanna?“, fragte Frau Bogelius.

„Es ist die Mutter meines Verlobten“, versetzte Hanna erstaunt, da sie meinte, den Namen des Herrn Maß schon öfters genannt zu haben.

„Ich wusste nicht, dass der junge Theologe Maß heißt, und der Vorname seiner Mutter ist also: Ulrike?“

„Ja.“

„Schreibt Ihre Schwiegermutter öfter an Sie?“

„Eigentlich nicht.“

„Weiß sie, bei wem Sie sind? Wie adressiert sie die Briefe?“

„Nun, an mich, bei Frau Bogelius“, sagte Hanna verwundert.

„Also nicht per Adresse meines Vaters“, sagte sie gedankenvoll und ging sinnend nach draußen.

Ulrike Maß? Der Name war ihr wohlbekannt, hatte nicht ihre Schwester einst diesen Namen getragen? Ihre Schwester, die seit vielen Jahren für sie verschollen gewesen war!

Sie musste den ganzen Tag daran denken und nahm sich vor, am Abend Hanna gründlich über die Familie ihres Verlobten, die sie bis jetzt wenig interessiert hatte, auszufragen.

Inzwischen hatte Hanna wichtige Briefe von zu Hause bekommen. „Denke dir“, schrieb Erika, „was wir erlebt haben. Mein Augenarzt, zu dem ich gar nicht mochte und der zuerst sehr kurz angebunden war, hat sich als Mutters guter Freund von früher entpuppt, als Sohn ihrer besten Freundin. Er nennt Mutter sogar ‚Tante Anna' und sie sagt: ‚Wolfgang' und ‚du' zu ihm! Nun ist er unser aller Freund geworden. Tante Julia hat ihn auch gern; er nimmt an unseren musikalischen Abenden teil und kommt außerdem, sooft es seine Zeit erlaubt. Er sagt, das Rosenhaus habe es ihm angetan. Er ist ein sehr geschickter Arzt und verdient viel Geld. Gegen Julius ist er reizend. Unser Bruder soll im Herbst nach Tübingen; Mutter hat jetzt das Geld dazu. Doktor Müller sagt, was Mutter nicht hat, das hat er. Er will mit für Julius' Studium aufkommen. Ich weiß nichts Genaues darüber, aber ich glaube – Mutter spricht mit uns nicht davon, ich habe nur so etwas gehört – ich glaube, sie hat ihm früher einmal aus der Patsche geholfen. Aber sprich und schreibe nicht darüber.

Du kennst meine Abneigung gegen die Ärzte, aber diesen muss man beinahe gern haben, wenn man ihn näher kennt. Er neckt mich gern, und Karl wie auch Julius, die Quälgeister, helfen ihm dabei. Er meint, das viele Studieren soll ich an den Nagel hängen, das sei nichts für mich. Nun tue ich es gerade; es macht mir Freude. Die gute Tante Julia sorgt für uns alle in rührender Weise. Sie wird aber auch älter und müsste mitunter mehr Ruhe haben.

Ika ist ganz die alte. Ich versuche oft, ihre Sprechweise zu verfeinern, aber es wird mir wohl nie gelingen. Sie bleibt ein Original und sagt immer noch alles frei heraus. Wie sie's mit dem Doktor machte, erzähle ich dir mündlich. Ihr Schatz ist immer noch mit seinem Herrn im Süden. Er schreibt aber öfters, sie solle Geduld haben, er komme, sobald dieser die Augen zugetan habe. Wenn er bis zuletzt aushielte, wäre es ihr Vorteil. Wir sind natürlich froh, dass wir sie noch haben, wir bekommen schwerlich ein so treues Mädchen wieder. Der alte Wolf arbeitet auch noch mit. Alle lassen dich grüßen, sogar der Doktor, unbekannterweise. Er tut ganz, als ob er zur Familie gehörte. Das kommt alles von Mutter, die sehr bekannt mit ihm ist.

Grüße meinen Schwager von mir, wenn du ihm schreibst."

So plauderte Erika von allem, was daheim geschah. Hanna war natürlich entzückt über den Brief und erzählte Frau Bogelius davon.

Am Abend saßen sie, wie gewöhnlich, mit dem alten Herrn zusammen, und später unterhielt man sich über alles Mögliche. Frau Bogelius hatte sich vorgenommen, Hanna auf den Zahn zu fühlen.

„Sie sagten heute, liebe Hanna", begann sie, „die Mutter Ihres Verlobten heiße Ulrike Maß, wissen Sie, was für eine geborene sie gewesen ist?"

Der alte Major sah bei dieser Frage verwundert auf.

Hanna antwortete unbefangen, sie wisse nicht, wie die Eltern ihrer Schwiegermutter geheißen haben; sie wisse nur, dass es eine traurige Geschichte sei. Die Mutter sei von ihrem Vater verstoßen, weil sie gegen seinen Willen geheiratet habe. Ihr Mann, ein Musiklehrer, sei aber ein feiner Mensch gewesen, der alles getan habe, ihr ein sorgenfreies Leben zu schaffen. Er sei aber früh gestorben und habe sie mit einem Knaben zurückgelassen. Ihn habe sie unter großen Entbehrungen großgezogen und es sogar ermöglicht, dass er Theologie studieren konnte.

Sie hatte dies ruhig erzählt, wie man irgendeine Geschichte erzählt. Plötzlich drückte der alte Herr auf seine Klingel, so heftig, dass sie erschrocken auffuhr. Der junge Mann, der stets zu seiner Bedienung bereit war, erschien und half dem alten Herrn von seinem Stuhl; der Major reichte Hanna nicht die Hand, wie er es sonst zu tun pflegte, er wünschte nur ganz allgemein eine gute Nacht und verschwand mit dem Diener im Nebenzimmer. Hanna sah Frau Bogelius befremdet an und wusste nicht, was sie denken sollte.

„Hat meine Erzählung Sie betrübt? Hätte ich es nicht sagen sollen? Aber Sie haben mich gefragt – doch Frau Bogelius, warum weinen Sie? Habe ich Ihnen weh getan?“

„Ich denke an meine Schuld, an meine große Schuld! Ich war es, die meine Schwester Ulrike verspottet hat, die nichts von ihr wissen wollte, weil sie den Musiklehrer Maß heiratete. Ich war es, die den Vater gegen sie einnahm, ich törichtes Mädchen."

Hanna fand vor Staunen keine Worte. Nach einer Weile ergriff sie die Hand der Frau und sagte: „Sie sind so gut, Frau Bogelius, ich kann mir nicht denken, dass Sie je anders gewesen sind."

„Doch, ich war sehr viel anders. Gott hat mich in eine harte Schule nehmen müssen, er hat mich gründlich demütigen müssen, ehe ich dazu gekommen bin, mein Unrecht einzusehen. Also der Mann meiner Schwester ist so bald gestorben! Wir hörten damals, er sei ins Ausland gegangen. Dies wurde uns sogar als sicher bestätigt. Es ist, wie ich nun höre, eine falsche Nachricht gewesen! Wenn ich das hätte ahnen können, dass meine Schwester als Witwe nicht weit von hier lebt! Wie sind Sie denn mit meiner Schwester bekannt geworden?"

„Durch den Sohn", sagte Hanna errötend. „Er wohnte während seiner Studienzeit bei meiner Tante. Sie hat sehr viel für ihn getan."

„Ihre Tante muss eine gute Frau sein. Wie kam sie aber zum Sohn meiner Schwester?"

„Der Pastor des Dorfes, in dem meine Schwiegermutter lebt, interessierte sich sehr für meinen Verlobten und hat an unsern Herrn Pfarrer geschrieben, ob er ihm in der Universitätsstadt nicht ein billiges Unterkommen verschaffen könne."

„Und da hat Ihre gute Tante ihm nicht allein freie

Wohnung, sondern auch Beköstigung für alle Jahre gegeben? Und wir haben nichts für die arme Schwester getan, haben immer in Überfluss gelebt, während sie gehungert hat und andere Leute für ihren Sohn sorgen mussten! Ich habe immer geglaubt, Ulrike würde eines Tages mit Mann und Kindern zurückkommen, nun ist alles so ganz anders geworden."

Hanna erzählte nun von ihrer Schwiegermutter und fügte hinzu, dass sie nie eine Klage oder einen Vorwurf gegen ihre Verwandten gehört habe.

„Sie war immer besser als ich", klagte Frau Bogelius. „Morgen spreche ich mit meinem Vater, die Schwester muss so bald wie möglich zu uns ins Haus. Dann wollen wir sie pflegen, nicht wahr, liebe Hanna, Sie helfen mir dabei? Wir wollen versuchen, das Unrecht wieder gutzumachen. Mein Vater wird keine gute Nacht haben, es war nicht recht von mir, dass ich in seiner Gegenwart fragte.

Das aber weiß ich, dass er wie ich denkt, dass er seine Ulrike lieber heute als morgen wieder aufnimmt."

Frau Bogelius redete noch lange von den vergangenen Tagen und klagte sich immer wieder der Härte und Ungerechtigkeit an.

Endlich aber, es war schon Mitternacht vorüber, ging man zu Bett.

Man schlief wenig in dieser Nacht. Der alte Herr warf sich ruhelos hin und her, seine Tochter arbeitete an einem Reiseplan, den sie dem Vater am folgenden Tage vorlegen wollte. Hanna dachte, wie wunderbar doch Gottes Wege seien, und was wohl die Schwiegermutter und ihr Verlobter zu der heutigen Entdeckung sagen würden.

Versöhnung

Den andern Morgen hätte Hanna beinahe verschlafen. Sie war erst sehr spät eingeschlafen. Sie kleidete sich schnell an und eilte hinunter ins Esszimmer, unruhig, dass sie den alten Herrn hatte warten lassen. Sie fand ihn und seine Tochter schon am Frühstückstisch vor.

Als Hanna erschien, streckte er ihr die Hand entgegen und drückte sie herzlich: „Ich habe Ihnen gestern Abend keine gute Nacht gewünscht, darum haben Sie nicht gut geschlafen und konnten nicht früher kommen. Wir beide, meine Tochter und ich, haben auch keine Ruhe gehabt. Warum erzählen Sie uns so traurige Geschichten, die uns aufregen?"

Hanna sah ängstlich zu ihm auf. „Verzeihen Sie mir. Wenn ich geahnt hätte –"

„Sie konnten nicht wissen, mein Kind, wie tief mir Ihre Geschichte ins Herz griff. Es hat lange wie ein Wurm da drinnen gefressen und genagt. Nun hab ich die Wahrheit erfahren, und das ist gut. Gottlob ist noch Zeit gutzumachen. Und das muss bald geschehen. Meine Tochter wird selbst hinreisen und Ulrike holen. Sie sollen sie begleiten."

„Aber Frau Bogelius, die weite Reise –"

„Ich bin viel kräftiger geworden und hoffe, sie machen zu können. Ein paar Tage wird der Vater es schon ohne uns aushalten. Also, bereiten Sie alles vor, Hanna. Wir fahren über Berlin und bleiben dort eine Nacht."

Hanna strahlte. Konnte sie sich etwas Schöneres denken, als die Ihren wiederzusehen?

Groß war das Erstaunen im Rosenhaus, als Hanna mit Frau Bogelius erschien. Noch größer, als man hörte, was sie hertrieb. Tante Julia erklärte, das Gastzimmer sei immer bereit, und Frau Bogelius müsse im Rosenhaus bleiben. Und so geschah es.

Am nächsten Morgen ging's schon früh weiter. Frau Bogelius sprach unterwegs große Befriedigung darüber aus, die Familie Golf kennen gelernt zu haben. Sie fand das Rosenhaus reizend. Am Nachmittag hatten sie ihr Reiseziel erreicht und standen vor einem kleinen Haus, das mit einem Vorgärtchen versehen war. Eine Frau kniete vor einem der Beete.

„Wohnt hier eine Frau Maß?", fragte Hanna.

„Gehen Sie nur die Treppe hinauf, sie wohnt oben. Sie wird aber wohl noch Stunden geben."

Sie erstiegen eine steile Treppe. Frau Bogelius ging fast der Atem aus. Erschöpft sank sie auf einen Stuhl, der sich in dem kleinen Vorraum befand, und bat Hanna, allein zur Schwiegermutter zu gehen und sie vorzubereiten.

Hanna betrat ein ärmlich ausgestattetes, niedriges Zimmer, in dem Frau Maß mit zwei Mädchen von etwa zehn bis zwölf Jahren saß, mit denen sie französisch las. Verwundert sprang sie auf, als sie Hanna erkannte.

„Ist es möglich, du, Hanna, du kommst zu mir. Was führt dich her, Liebste?", rief Frau Maß erstaunt aus. „Es ist doch nichts passiert?"

„Soviel ich weiß, geht es ihm gut, Mutter, aber erschrick nicht, ich bringe Besuch mit."

„Nicht doch", rief Frau Maß erregt, „du kennst meine Lage! Kaum kann ich dich beherbergen, wie soll ich denn eine fremde Dame aufnehmen?"

„Es ist wirklich keine Fremde, Ulrike. Es ist jemand, der dir nahe steht, jemand, der dir bitteres Unrecht getan hat und nun selbst kommt, dich um Verzeihung zu bitten und dich wieder nach Hause zu holen."

Frau Maß starrte die Erscheinung an, die in der offenen Tür stand und nun mit ausgestreckten Händen auf sie zukam.

„Ich habe keinen Vater, ich habe keine Schwester", rief sie abwehrend.

Aber ehe sie es hindern konnte, umschlangen zwei Arme sie, und eine Stimme bat so weich und rührend um Vergebung des begangenen Unrechtes, bekannte so demütig ihren falschen Stolz, bat so innig auch für den Vater, der nichts sehnlicher wünschte, als seine Ulrike so bald wie möglich in die Arme zu schließen, dass Frau Maß schon bald nachgab. Sie, die Schwergeprüfte, konnte nicht anders, als innerlich Gott danken für die Wandlung, die mit der Schwester vorgegangen war.

Nur hatte sie Bedenken, gleich mitzureisen, obwohl die Schwester entschieden dafür stimmte, schon des alten Vaters wegen.

* * *

Acht Tage später saß Major Arend auf der Veranda seines Hauses und neben ihm Frau Maß, seine Tochter Ulrike. Sie sah mit glücklichem Lächeln zu ihm auf und sagte immer wieder:

„Wie schön ist es hier, Vater, welch einen herrlichen Wohnsitz hast du dir ausgesucht!"

„Das Schönste ist, dass ich dich wiederhabe, meine Ulrike. Der Abend, an dem deine Schwester dich brachte, ist der glücklichste meines Lebens gewesen. Ich habe so oft bereut, dass ich ungerecht gegen dich war."

„Die Schuld lag auf meiner Seite, weil ich mich ohne dein Wissen gebunden hatte."

„Wir wollen uns nun unserer Wiedervereinigung freuen, die Vergangenheit aber sein lassen", meinte der alte Herr da.

Da betrat Hanna die Veranda. Ihr Angesicht strahlte, in der Hand hatte sie einen Brief.

„Von Richard!", rief Frau Maß, „ich sehe es an Hannas glücklichem Gesicht."

„Er kommt!", rief sie. „Aber er ahnt nicht, wen er hier findet. Sie sind auf der Heimreise von Italien; Herr von Brügge hat ihm erlaubt, einen Abstecher hierher zu machen."

„Nicht doch, Hanna, er besucht seinen alten Großvater“, rief der Major neckend. „Dich sperren wir solange ein, bis er wieder fort ist. Also du hast nichts verraten?“

„Nein, ich sollte ja nicht“, sagte Hanna fröhlich. „Er weiß weder, dass seine Mutter hier ist, noch dass er hier einen Großvater und eine Tante findet.“

„Er wird vielleicht den bösen Großvater gar nicht anerkennen wollen.“

„Vater, er hat in früheren Zeiten nicht gewusst, dass sein Großvater lebt; später, als er größer und verständiger wurde, habe ich ihm alles erzählt, doch stets so, dass bei mir die Hauptschuld lag.“

„Du gutes Kind!“ Der Major beugte sich zu ihr und drückte einen Kuss auf ihre Stirn.

Und dann wurde Hannas Verlobter erwartet. Wie erstaunt aber war er, als er die Mutter vorfand, und wie erschüttert, als er einen gütigen Großvater und eine lachende Tante begrüßte! Er konnte es einfach nicht fassen, fortan diesem Haus anzugehören!

Als Richard dann mit Hanna im Garten der Villa spazieren ging, da rief er begeistert aus: „Hier ist es wohl schöner, aber das Rosenhaus bleibt für mich das Beste, es hat mir die schönste Rose geschenkt, die es besaß.“

Hanna barg ihr Gesicht an seiner Schulter und sagte: „Ja, Gott hat alles gut gemacht; wir wollen nicht vergessen, ihm für alles, was er an uns getan, unsern Dank darzubringen.“

Ein Fest im Rosenhaus

Ein Jahr später.

Wieder ist's Rosenzeit, diesmal im wahrsten Sinne des Wortes. So viel Frohsinn und Freude hatte das Haus wohl noch nicht erlebt. Von oben bis unten war es geschmückt, dafür hatten die jungen Leute gesorgt, die sich auch sonst nicht genug tun konnten mit Musizieren. Tante Julia wollte es mitunter zu bunt werden, und doch leuchtete ihr die helle Freude aus den Augen, dass ihr Haus so viel Schönes erlebte.

Anna, die sich immer die gleiche Frische und Geschmeidigkeit bewahrte, arbeitete viel an diesen Tagen. Ihr Herz war erfüllt von Dank über Gottes Güte, die sie in allem hatte spüren dürfen.

Für die Söhne waren die Mittel da zum Studieren, für Hanna war durch den Großvater alles beschafft worden, was zu einer gediegenen Aussteuer gehörte. Er, der sie schon vorher sein liebes Töchterchen nannte, hatte nun, da sie seines Enkels Frau werden wollte, bündig erklärt:

Die Aussteuer sei seine Sache, er sei sowieso tief in der Schuld bei der Tante im Rosenhaus, die seinen Enkel während seiner Studienzeit so gut betreut habe.

Als Herr Maß nun sein zweites Examen bestanden und eine Gemeinde in einer kleinen Stadt bekommen hatte, wurde die Hochzeit nicht länger aufgeschoben. Im Juni sollte sie gefeiert werden, so wurde einstimmig beschlossen.

Der alte Major, der lebhaft bedauert hatte, nicht selbst kommen zu können, schickte dafür seine beiden Töchter, denn auch Frau Bogelius hatte es ermöglicht zu kommen.

Im festlich geschmückten Saal war die große Hochzeitstafel gedeckt. Ika unterließ es auch diesmal nicht, ihre Umgebung durch originelle Äußerungen zu erheitern.

An der Tafel herrschte Fröhlichkeit und heitere Feststimmung. Auch Doktor Müller fehlte nicht. Er hatte sich Erika zur Tischnachbarin erkoren. Sie schien nicht unzufrieden damit, im Gegenteil, sie stand schon auf recht vertrautem Fuß mit ihrem früheren Augenarzt. Julius aber schien mit seiner Nachbarin Ruth ein kleines Geheimnis zu haben, man sah sie oft leise miteinander sprechen.

Schluss

Wieder sind Jahre vergangen. Vor der Tür des Rosenhauses sitzen unsere beiden Schwestern. Julia ist ganz grau geworden und hat eine etwas gebückte Haltung, auch Anna sieht man das Alter an, denn auch ihr Haar ist mit Silberfäden durchzogen. Im Hause selbst ist's still geworden. Annas Kinder sind erwachsen, jedes hat einen Beruf gefunden. Und doch hat Anna trotz ihrer Jahre noch viel zu leisten und zu wirken. Bald wird sie hier gebraucht, bald da. Einmal muss sie bei Hanna aushelfen oder im Doktorhaus bei Erika, denn dass der Sohn der Freundin sich ihre zweite Tochter zur Gattin erwählen würde, war bald zu sehen.

Aber Erika hatte sie ganz in der Nähe, während sich Julius in der Stadt, wo Hanna mit ihrem Mann lebte, als Arzt niedergelassen hatte. Karl war augenblicklich noch Hilfsprediger, Ludwig hatte sich dem Baufach gewidmet und studierte noch, nur Grete war daheim geblieben und versorgte die beiden Schwestern. Sie trat ganz in die Fußstapfen der Tante und behauptete, sie würde nie heiraten und immer im Rosenhaus bleiben.

Ika, die treu bei ihrem Fräulein ausgeharrt hatte, war eines Tages freudestrahlend zu Julia gekommen mit den Worten: „Nun ist er tot!"

„Wer?", hatte Julia gefragt.

„Der alte Herr in Italien. Nun kommt mein Schatz nach Hause und heiratet mir! Einen ganzen Haufen Geld bringt er mit, davon kaufen wir uns ein Häuschen und halten uns eine Kuh."

So war es geschehen. Ika heiratete, und ihre größte Freude war es, Fräulein Julia und Frau Anna zu besuchen, wenn sie in der Stadt Gemüse verkaufte.

Heute nun saßen die Schwestern allein vor dem Haus in ernstem Gespräch. Es war ein schöner, stiller Herbsttag, die Sonne schien warm und freundlich und erlaubte den alten Damen das draußen Sitzen. Sie sprachen von der Vergangenheit.

„Es gab eine Zeit, da ich unglücklich war über das Erbe, das ich nach meiner Meinung nicht sinnvoll verwerten konnte; wie wunderbar hat Gott alles gefügt, wie reich hat er mich durch dich und deine Kinder gesegnet, Anna."

„Und uns durch dich, liebe Schwester. Was wäre aus uns geworden, wenn wir dich nicht gehabt hätten. Und dass du den armen Studenten liebevoll aufnahmst, so mütterlich für ihn sorgtest, wie viel Freude und Segen ist uns allen daraus erwachsen."

„Friede und Eintracht sind hier zu Hause. Gott erhalte dies, auch wenn wir nicht mehr sind. Deine Kinder und Kindeskinder sollen dann das Rosenhaus besitzen und in Gottesfurcht und Treue darin wohnen. Das ist mein Wunsch."

Anna reichte der Schwester die Hand: „Das helfe Gott." Dann ging sie ins Haus und setzte sich an den Flügel, und durch die geöffneten Fenster erklang ihre immer noch volle Stimme:

Der Herr ist nun und nimmer nicht
von seinem Volk geschieden,
er bleibet ihre Zuversicht,
ihr Segen, Heil und Frieden.
Mit Mutterhänden leitet er
die Seinen stetig hin und her,
gebt unserm Gott die Ehre.

FRANCKE
Verlag der Francke-Buchhandlung GmbH